JEANETTE WINTERSON

Das Geschlecht der Kirsche

Roman

Aus dem Englischen von
Brigitte Walitzek

BERLINER TASCHENBUCH VERLAG

März 2006
BvT Berliner Taschenbuch Verlags GmbH, Berlin
Die englische Originalausgabe erschien 1989 unter dem Titel
Sexing the Cherry
bei Bloomsbury Publishing Ltd., London

Umschlaggestaltung: Nina Rothfos und Patrick Gabler, Hamburg,
unter Verwendung einer Illustration von © Paola Piglia
Druck und Bindung: Clausen & Bosse, Leck
Printed in Germany · ISBN 3-8333-0001-9

BVT

Das Geschlecht der Kirsche verschmilzt eine Vielzahl von Erzählstimmen zu einem barocken Prosagebilde. Die Heldin, die wuchtigmassige Hundefrau – ohne Frage die anziehendste und zugleich abschreckendste Riesengestalt der Literatur seit Gargantua – lebt mit ihrem Adoptivsohn Jordan im pestverseuchten London des 17. Jahrhunderts am Ufer der stinkenden Themse. Im Laufe des Buches erhascht der Leser, gemeinsam mit den beiden, einen Blick auf die erste Banane in England, er durchlebt mit ihnen den Bürgerkrieg und wird Zeuge der Hinrichtung von King Charles – die historischen Fakten sind jedoch lediglich das Zierwerk einer extravaganten phantastischen Fabel: deftig und garantiert unkonventionell bis zum Ende.

Jeanette Winterson wurde 1959 in Manchester geboren. Mit 23 schrieb sie ihren ersten Roman, *Orangen sind nicht die einzige Frucht.* Außer Büchern liebt sie Autos – gegenwärtig fährt sie einen schwarzen Landrover Defender 90 TD1 mit viel Chrom und einen Porsche 911 Targa. Im Herbst 2005 erschien im Berlin Verlag ihre Version des Mythos von Atlas und Herkules, *Die Last der Welt.* Mehr Informationen: www.jeanettewinterson.com

Für Melanie Adams

Die Hopi, ein Indianervolk, besitzen eine Sprache, die ebenso kompliziert ist wie unsere, aber keine Formen für Vergangenheit, Gegenwart und Zukunft kennt. Der Unterschied existiert nicht. Was sagt dies über die Zeit aus?

Die Materie, diese solideste und bekannteste Substanz, die Sie in eben diesem Augenblick in Händen halten und aus der Ihr Körper gemacht ist, besteht bekanntermaßen zum größten Teil aus leerem Raum. Aus leerem Raum und Lichtpunkten. Was sagt dies über die Realität der Welt aus?

MEIN NAME IST Jordan. Dies ist das erste, was ich sah.

Es war Nacht, etwa Viertel vor zwölf, der Himmel in zwei Hälften geteilt, die eine wolkig, die andere klar. Die Wolken hingen über dem Wald, es gab keinen Abstand zwischen ihnen und den Baumkronen. Dort, wo der Himmel klar war, über dem Fluß und den ebenen, frisch gepflügten Feldern, schimmerte der Mond, nahezu voll, aus einer gelben Aureole hervor und spiegelte sich in der Schleife des Wassers. Auf der Wiese auf der anderen Seite waren Kühe zu sehen, schwarz vor dem Hintergrund des Hügels, reglos, schlafend. Das Licht, das von dem einzigen Haus weit und breit herüberglitzerte, sah aus wie das Wachfeuer einer Riesenburg. Hohe Bäume flankierten es. Ein Pferd lief über den Hof, seine Hufe schlugen Funken aus den Steinen.

Dann kam der Nebel. Der Nebel kam wie die Geister auf einem Friedhof in dünnen Spiralen vom Fluß herüber und verdichtete sich mit der Macht eines Flaschengeistes. Die Binsen wurden als erste vereinnahmt, dann die Baumstämme, dann die Gabelungen und die Verästelungen. Die Kronen schwebten im Nebel und bildeten treibende Inseln für die Vögel.

Die Kühe wurden allesamt ertränkt, und das Wachfeuer blinkte auf und verschwand und verschwand und blinkte auf wie ein Leuchtturm, durchschnitt die Luft wie ein blitzendes Schwert.

Der Nebel kam auf mich zu, und der Himmel, der bisher klar gewesen war, wurde verdeckt. Es war bitterkalt, meine Haare waren feucht, und ich hatte keinen Handwärmer dabei. Ich versuchte, den Weg zu finden, aber alles, was ich fand, waren Hasen mit stierenden Augen, reglos mitten auf dem offenen Gelände zu Stein erstarrt. Ich fing an zu gehen, die Hände vor mir ausgestreckt wie jene, die im Schlaf keine Ruhe finden, und auf diese Weise erfühlte ich zum erstenmal die Züge meines eigenen Gesichts mir gegenüber.

Jede Reise verbirgt eine andere Reise in ihren Linien: den nicht eingeschlagenen Pfad und den vergessenen Winkel. Dies sind die Reisen, die ich aufzeichnen möchte. Nicht die, die ich gemacht habe, sondern die, die ich hätte machen können oder die ich vielleicht an einem anderen Ort zu einer anderen Zeit gemacht habe. Ich könnte euch die Wahrheit berichten, so wie ihr sie in Tagebüchern und Landkarten und Logbüchern findet. Ich könnte getreulich alles beschreiben, was ich gesehen und gehört habe und euch einen Reiseführer vorlegen. Ihr könntet ihm folgen, meine Reisen mit dem Finger nachzeichnen und rote Fähnchen dorthin stecken, wo ich gewesen bin.

Bei den Griechen verlangte das verborgene Leben unsichtbare Tinte. Sie schrieben einen gewöhnlichen Brief und füllten den Raum zwischen den Zeilen mit einem anderen Brief, der mit Milch geschrieben war. Das Dokument sah ganz und gar harmlos aus, bis einer, der es besser wußte, Kohlenstaub darüber streute. Was der Brief ursprünglich gewesen war, spielte keine Rolle mehr; was eine Rolle spielte, war das Leben, das dahinter aufflackerte, unentdeckt...

bis jetzt.

Ich erkannte, daß mein eigenes Leben unsichtbar geschrieben war, zwischen den Tatsachen zerquetscht wurde, ohne mich davonflog wie die zwölf tanzenden Prinzessinnen, die jede Nacht durch ihr Fenster wirbelten und jeden Morgen mit zerrissenen Kleidern und durchtanzten Schuhen nach Hause zurückkamen und sich an nichts erinnerten.

Ich beschloß, über mich selbst zu wachen wie ein eifersüchtiger Vater, zu versuchen, mich dabei zu ertappen, wie ich durch eine eben erst in der Wand entdeckte Tür verschwand. Ich wußte, daß ich ehebrecherisch war, daß sich das, was ich liebte, nicht zu Hause abspielte. Ich ließ mich selbst entwischen und wanderte durch diese Welt wie ein Schatten. Je länger ich mich selbst nicht zu fassen bekam, desto besessener wurde ich vom Gedanken der Entdeckung. Gelegentlich, wenn ich in Gesellschaft war, schnipste jemand mit den Fingern vor meinem Gesicht und fragte: »Wo bist du?« Lange Zeit hatte ich nicht die geringste Ahnung, aber allmählich fing ich an, Beweise für dieses andere Leben zu finden, und allmählich nahm es vor mir Gestalt an.

»Erinnere dich an den Felsen, aus dem du gehauen, und an die Grube, aus der du gegraben wurdest.«

Meine Mutter ritzte diese Worte an dem Tag, an dem sie mich im glitschigen Morast des Flusses fand, in ein Medaillon und hängte es mir um den Hals. Ich war in einen fauligen Sack gewickelt, so wie man ihn nimmt, um kleine Kätzchen zu ertränken, aber mein Kopf war zuoberst am Ufer eingeklemmt. Ich hörte Hunde auf mich zukommen und ein Tosen im Wasser, und ein Gesicht so rund wie der Mond und mit Haaren, die rechts und links davon herabhingen, schwebte über mir. Sie hob mich hoch, sie band mich zwischen ihre Brüste, deren Warzen vorstanden wie Walnüsse. Sie nahm mich mit nach Hause und behielt mich dort mit fünfzig Hunden und nichts als ihrer eigenen Gesellschaft.

Ich hatte einen Namen, aber ich habe ihn vergessen.

Man nennt mich die Hundefrau, und das muß genügen. Ich nenne ihn Jordan, und das muß genügen. Er hat keinen anderen Namen, weder davor noch danach. Wie hätte ich ihn nennen sollen, aus der stinkenden Themse herausgefischt, wie er es nun einmal war? Man kann ein Kind nicht Themse nennen, nein, und auch nicht Nil, trotz der Ähnlichkeit mit Moses. Aber ich wollte ihm den Namen eines Flusses geben, einen Namen, der an nichts gebunden ist, so wie die Wasser an nichts gebunden sind. Wenn eine Frau ein Kind gebiert, geht das Fruchtwasser ab, und sie gießt das Kind aus sich heraus, und das Kind ist frei. Ich hätte gerne ein Kind aus meinem Körper hervorgegossen, aber dazu braucht man einen Mann, und es gibt keinen Mann, der mir gewachsen wäre.

Als Jordan ein Baby war, saß er auf mir, so wie sich eine Fliege auf einem Misthaufen ausruht. Und ich nährte ihn, so wie der Misthaufen die Fliege nährt, und als er sich sattgegessen hatte, verließ er mich.

Jordan…

Ich hätte ihn nach einem stehenden Gewässer nennen sollen, dann hätte ich ihn behalten können, aber ich nannte ihn nach einem Fluß, und mit der Gezeitenflut glitt er davon.

Als Jordan drei war, nahm ich ihn mit, um ihm eine große Seltenheit zu zeigen, und das war mein Untergang. Es ging das Gerücht, ein gewisser Thomas Johnson wäre in den Besitz einer eßbaren Frucht gelangt, wie man ihresgleichen in England nie gesehen hatte. Dieser Johnson, der jetzt schon an die zwanzig Jahre tot ist, war Kräuterkundler von Beruf, obwohl er, wenn man mich fragte, noch etwas ganz anderes war. Wenn eine Frau feststellte, daß sie für ihren Geschmack zu rundlich wurde und zur Zeit des Mondes kein Blut zeigte, war es Johnson, den sie aufsuchte, mit nur einer Laterne als Begleiterin. Und wenn sie dann flach und lächelnd wieder zurückkam, sagte sie, es seien Misteln oder Katzenminze oder etwas Ähnliches gewesen, aber ich sage, er hat es für den Teufel aus ihr herausgesaugt.

Aber da es hellichter Tag und uns eine Menschenmenge versprochen war, wie man sie sonst nur für einen Hund und einen Bären zu sehen bekommt, legte ich Jordan eine Hundeleine um und drängte mich durch die Gaffer und Sünder, bis wir ganz vorne waren, und da stand Johnson in eigener Person und versuchte, Geld für einen Blick auf das Ding zu verlangen.

Ich hob Jordan in die Höhe und sagte zu Johnson, wenn er sein Tuch nicht sofort zurückschlagen und uns dieses Wunder sehen lassen würde, würde ich sein Gesicht so tief zwischen meine Brüste rammen, daß er sich wünschen würde, er wäre nie von einer Frau gestillt worden, so wahrhaftig würde ich ihn ersticken.

Er fing an, Ausflüchte zu machen und nach einem farbigen Gefäß hinter seinem Kopf zu greifen, und ich dachte, dieser Kerl mit seiner gespaltenen Zunge und seinen Eiern wie Juwelen wird auf keinen Fall einen Flaschengeist auf mich hetzen, und so packte ich ihn und fing an, ihn in mein Kleid zu stopfen. Es dauerte nicht lange, da japste und würgte er, weil ich dieses Kleid fünf Jahre lang kein einziges Mal ausgezogen habe.

»Also dann«, sagte ich und hielt ihn ein Stück von mir weg, so wie man es mit einem Wiesel machen würde. »Wo ist dieses Wunder?«

»Der Herr stehe mir bei«, rief er. »Einen Augenblick für mein Riechsalz, liebe Dame.«

Aber ich wollte nichts davon hören und riß das Tuch mit eigener Hand herunter, und ich schwöre, daß das, was er darunter versteckt hatte, mit nichts eine größere Ähnlichkeit besaß als mit dem privatesten Körperteil eines Orientalen. Es war gelb und fahl und lang.

»Es ist eine Banane, Madam«, sagte der Schurke.

Eine Banane? Was auf Gottes weiter Erde war eine Banane?

»Ein Ding wie dieses ist nie im Leben im Paradies gewachsen«, sagte ich.

»Doch, Madam, das ist es«, sagt er und bläst sich auf wie eine Giftotter. »Diese Frucht stammt von der Insel Bermuda, die dem Paradies näher ist, als Sie es je sein werden.«

Er hob das Ding über seinen Kopf, und die Menge, die es zum erstenmal sah, johlte und grölte und stieß sich in die Rippen und wollte wissen, welcher arme Trottel so närrisch gewesen sei, die Würze seines Lebens zu verkaufen.

»Das Ding ist entweder angemalt oder krank«, sagte ich. »Denn es gibt meines Wissens keins von solcher Farbe.«

Johnson überschrie das Getöse so gut er konnte...

»DIES IST NICHT DER RECHEN EINES ARMEN UNGLÜCKSELIGEN. ES IST DIE FRUCHT EINES BAUMES. SIE IST DAZU DA, GESCHÄLT UND GEGESSEN ZU WERDEN.«

Ein einstimmiges Würgen war die Antwort. Keine brave Frau hätte dieses Ding in den Mund nehmen können, und für einen Mann wäre es wie Kannibalismus gewesen. Wir waren doch nicht all die Jahre in die Kirche gegangen und im Blute Jesu Christi gewaschen worden, nur um uns selbst aufzufressen, wie die Heiden es tun.

Ich zog an der Hundeleine, um Jordan von hier fortzubringen, aber die Leine rutschte leer durch meine Hände. Ich tauchte in das Gedränge nackter Füße und zerrissener Strümpfe und hier und da der Schnalle eines Gentleman hinab.

Er war fort. Mein Junge war fort. Ich stieß ein gewaltiges Gebrüll aus, so, wie die Kühe es tun, und ich hätte ganz gewiß bis zum Sankt-Nimmerleins-Tag weitergebrüllt, hätte nicht einer der armen Sünder mein Ohr gepackt und mich umgedreht, wodurch ich unter Johnsons teuflischen Tisch sehen konnte.

Ich sah Jordan stocksteif stehen. Er hatte die Arme hochgereckt und starrte die Banane über Johnsons Kopf an. Ich legte meinen Kopf an seinen und sah dahin, wo er hinsah, und ich erblickte tiefblaue Wasser vor einer hellen Küste, und Bäume, deren Äste vor Grün sangen, und Vögel in Jahrmarktsfarben, und einen alten Mann in einem Lendentuch.

Es war das erste Mal, daß Jordan die Segel setzte.

London ist ein übler Ort, voller Pestilenz und Fäulnis. Ich würde Jordan gerne nehmen und mit ihm aufs Land ziehen, aber wir müssen in der Nähe vom Hyde Park bleiben, damit meine Hunde an den Rennen und Kämpfen teilnehmen können. Jeden Samstag komme ich geiferbesudelt und halb totgebissen nach Hause, aber mit Geld in meiner Tasche, ohne etwas anderes zu brauchen als einen Menschen zur Gesellschaft.

Meine Nachbarin, die so schwarz und haarlos ist, daß sie schon zweimal mit einem Stück in Musselin eingeschlagenes Pökelfleisch verwechselt wurde, brüstet sich nach außen hin damit, eine Hexe zu sein. Niemand weiß, wie alt sie ist. Was für ein Alter kann es schon geben für ein Stück Leder, das wie ein Fußball aussieht und als Kopf dient, und für eine phantastische Masse von Lumpen, die als Körper dienen? Weder ich noch irgend jemand sonst hat je Füße unter ihren Röcken gesehen, und von daher kann kein Mensch wissen, was es ist, worauf sie geht. Ihre Hände, die ständig in Bewegung sind, sehen aus wie die runzligen Äffchen, die die Orgeldreher bei sich haben. Sie selbst bewegt sich so gut wie nie, aber ihre Hände sind niemals still, sie kratzen ihren Kopf und ihre Leisten und schießen dann vor, um etwas Eßbares zu packen und schnurstracks in ihren Mund zu stopfen. Auch ich habe nicht viel für Messer und Löffel übrig, weiß aber trotzdem, wie man in Gesellschaft ißt. Ich weiß, wie ich mein Brot als Teller verwenden und den Eintopf darauf schöpfen muß, ohne gleich alles über mein Kleid zu kleckern. Ein Blick auf ihr Kinn, und man braucht keine Hexenkünste, um zu wissen, was sie die letzten drei Wochen zu sich genommen hat. Als ich Jordan fand, so dick mit Schmutz verkrustet, daß ich ihn wie einen Igel hätte rösten können, half sie mir, ihn abzuwaschen, um sein Geschlecht herauszufinden. Während ich mich mühte, seine Kruste mit einem Schwamm und heißem Wasser aufzuweichen, kratzte sie mit ihren flinken Fingern an ihm herum und riß ganze Fetzen von ihm ab, so wie man es bei einem Hund tun würde, der auf der Hatz war.

»Er wird dir das Herz brechen«, sagte sie, froh darüber, so dicht vor ihrer eigenen Haustür ein Unheil entdeckt zu haben. »Er wird dich dazu bringen, ihn zu lieben, und dann wird er dir das Herz brechen.«

Dann war sie eine Weile still und legte ihr Ohr an seine Brust, und das Geräusch seines schlagenden Herzens füllte das Zimmer.

»Viele werden sein Herz haben wollen, aber keine wird es bekommen. Keine, bis auf eine, und sie wird es verschmähen.«

Dann erstickte die Alte fast an ihrem eigenen Gegacker, und ich mußte ihr auf den Rücken klopfen, bis sie einen Klumpen Schleim hochhustete und mir für meine Mühe dankte. Ich hätte ihr das Rückgrat brechen können wie eine Fischgräte. Hätte ich es getan, hätte ich unser Schicksal vielleicht ändern können, denn das Schicksal kann sich jeden Augenblick an einen heften und im nächsten verändert werden. Ich hätte sie töten und uns eine andere Geschichte suchen sollen.

Sie kroch in die Nacht hinaus, und nach einer Weile ging ich ebenfalls.

Ich war in diesem Augenblick unsichtbar. Ich, die ich mich seitlich durch jede Tür zwängen muß, kann ebenso leicht mit der Nacht verschmelzen wie eins von diesen schmalen Dingern, die in der Kirche im Chor singen. Das Singen ist meine Freude, aber nicht in der Kirche, denn der Pastor hat gesagt, daß die, die aussehen wie die wasserspeienden Drachen an den Dachrinnen der Häuser, draußen bleiben müssen und keinen Platz im Chorgestühl suchen dürfen. Also singe ich im Inneren des Gebirges meines Fleisches, und meine Stimme ist schlank wie ein Schilfrohr und hat keinen Talg in sich. Wenn ich singe, sitzen die Hunde still, und die Leute, die in der Nacht vorbeigehen, unterbrechen ihr Geschnatter und ihre Unzufriedenheit und denken an andere Zeiten, in denen sie glücklich waren. Und ich singe von anderen Zeiten, in denen ich glücklich war, obwohl ich weiß, daß dies nur Hirngespinste sind und nichts, wo ich je gewesen bin. Aber spielt es eine Rolle, daß der Ort auf keiner Karte verzeichnet ist, solange ich ihn trotzdem beschreiben kann?

Eines Nachts nahm Jordan mich mit auf sein Boot. Wir brachen auf, als die Flut am höchsten war und der Tag verebbte. Wir segelten die Themse hinunter und hinaus aufs Meer, und ich mußte mich immer wieder umsehen und darüber wundern, wie schnell die Anblicke, die ich am besten kannte, hinter uns zurückblieben. Jordan sagte, daß die Sterne einen überallhin führen können. Rechts und links des Flusses schwebten niedrige Gebäude über dem Wasser, ihre Fußböden auf Stangen erhöht. Hier und dort wateten Dregger zwischen diesen Stangen umher, wirbelten die dunkle Masse mit ihren Stöcken auf und füllten ihre Weidenkörbe mit Unrat. Erst vor einer Woche hatte einer von ihnen einen Anker gefunden, von dem es hieß, er sei aus Rom hierher gekommen, zu einer Zeit, als wir alle noch Barbaren waren, mit Haaren bis auf die Hüften. Die Dregger haben keinen Stolz und würden für alles und nichts in den Dreck hinabtauchen. Es ist wahr, daß einer von ihnen in einem feinen Haus in Chelsea lebt, aber trotz all seiner Erhöhung sehen er und seine Frau und seine Gören immer noch aus wie der Dreck, der sie ernährt. Sie ist eine braune Schnur, und er ein großer Kothaufen. Ihre Kinder füllen den Rasen wie Kaninchenkacke. Ich selbst bin eine Sünderin, und gewöhnlich dazu, aber wenn ich es mit meinen Geschäften zu einer Perlenschnur brächte, würde ich mir den Hals waschen, bevor ich sie umlegte.

Jordan hatte gesagt, ich solle für unsere Reise meine besten Kleider anziehen. Ich tat es, und ein Federhut saß auf meinem Kopf, wie ein Vogel in einem Baum nistet. Er gab mir einen bequemen Sitz und fragte mich zehnmal oder mehr, ob ich es warm genug hätte. Ich hatte es warm genug. Ich sah die Welt.

Als es ganz dunkel war, zündete Jordan an den Seiten des Bootes Laternen an. Er kam zu mir und sagte, es sei die kürzeste Nacht des Jahres, und in ein paar Stunden würde die Sonne aufgehen, und ich würde etwas sehen, was ich noch nie zuvor gesehen hatte. Mehr wollte er nicht sagen, und ich zerbrach mir den Kopf darüber, was für Flüge der Phantasie er für mich vorbereitet haben könnte. Außerdem ist es mein ganzer Stolz, mehr gesehen zu haben als die meisten anderen Leute, darunter eine Mumie aus Ägypten. Zwar habe ich die Bandagen selbst nicht gesehen, aber immerhin den vergoldeten Sarg, als er auf seinem Weg nach Enstone durch London kam. Er war ein Geschenk der guten Königin Henrietta an einen Günstling von ihr, der einen wundersamen Garten voller kontinentaler Dinge geschaffen hatte.

Und ich habe eine Banane gesehen.

Was also konnte Jordan vorbereitet haben?

Wir warteten im Boot, das leise Schmatzen zu beiden Seiten, und Jordan erzählte mir Geschichten von den Orten, an denen er gewesen war, und von den Pflanzen, die er nach England gebracht hatte. Er hatte die französische Lebensart gesehen, und die italienische dazu, und er war mit John Tradescant in Persien gewesen. Tradescant starb, kurz nachdem Jordan die erste Ananas nach England brachte, aber in den Jahren davor füllte er sein Haus in Lambeth mit Seltsamkeiten und Wunderlichkeiten aus den hintersten Winkeln der Erde. »Die Arche«, wie es ihm gefiel, sein Haus zu nennen, war so vollgestopft mit Kuriositäten, daß es leicht vorkommen konnte, daß ein Besucher keinen Platz fand, seinen Hut aufzuhängen. Aber die Großen und Mächtigen kamen zu ihm, sogar der König, und auch ich habe den König gesehen. Welche Wunder sind da noch übrig?

»Schau«, sagte Jordan.

Wir waren draußen auf dem Meer. Graue Wellen mit weißen Kronen. Eine dünne Linie in der Ferne, wo der Himmel ins Wasser stürzte. Es gab keine Vögel, keine Gebäude, keine Menschen und keine Boote. Ein leichter Wind zerzauste uns.

Dann sahen wir die Sonne. Wir sahen, wie die Sonne aus dem Wasser stieg, und das Licht wurde lauter und lauter, bis wir schreien mußten, um uns Gehör zu verschaffen. Ich sah die Sonne auf Jordans Gesicht, und das letzte Glimmen der Laternen, und vor dem letzten Rest des Mondes einen Schwarm Seemöwen, die aus dem Nichts zu kommen schienen und aussahen, als wären sie aus der Sonne selbst geboren.

Wir blieben, wo wir waren, im schwankenden Wasser, bis die nächtlichen Fischer im lautlosen Konvoi an uns vorbeizogen. Sie grüßten uns und warfen Jordan zwei Fische zu, und dann, als sie mich sahen, warfen sie noch einen dritten.

Ich hatte einen Laib Brot mitgebracht, und wir kochten unser Frühstück und gaben den kreisenden Möwen, was übrig war. Dann segelten wir nach Hause, die Sonne im Rücken, und als wir in die Themse einfuhren, sah ich mich noch einmal um. Woran ich mich erinnere, das ist das glitzernde Wasser und die Größe der Welt.

Das glitzernde Wasser und die Größe der Welt.

Ich habe beides immer wieder gesehen, seit ich meine Mutter an den Ufern der schwarzen Themse zurückließ, aber in meinem Geist ist es immer derselbe Ort, an den ich zurückkehre, und dieser eine Ort ist weder der schönste noch der überraschendste.

Um dem Gewicht der Welt zu entfliehen, lasse ich meinen Körper dort zurück, wo er gerade ist, in einer Unterhaltung oder bei einem Essen, und gehe durch eine Reihe gewundener Gassen zu einem Haus, das ein wenig von der Straße zurückgesetzt ist.

Die Straßen sind schlecht beleuchtet, und der Abstand von der einen zur anderen Seite nicht größer als die Spanne meiner Arme. Die Mauern bröckeln, das Pflaster ist uneben. Die Menschen, die durch die Straßen wimmeln, schreien sich gegenseitig an, und ihre Stimmen erheben sich über die Masse der Köpfe und schweben hinauf zu den Kirchtürmen und den großen, kupfernen Glocken, die das Ende des Tages scheppern. Die emporsteigenden Worte verdichten sich über der Stadt zu einer Wolke, die in regelmäßigen Abständen vom Übermaß der Sprache gereinigt werden muß. Männer und Frauen steigen, mit Mops und Scheuerbürsten bewaffnet, in Ballons vom Marktplatz auf und liefern sich Schlachten mit dem Baldachin der Worte, die unter der Sonne gefangen sind.

Die Worte wehren sich gegen das Ausgelöschtwerden. Die ältesten und hartnäckigsten von ihnen formen eine dicke Kruste schnatternder Wut. Es ist schon vorgekommen, daß Reinigungskräfte von immer noch streitenden Worten gebissen wurden, und in einem berühmten Fall versuchte eine Frau, deren Mop aufgefressen und deren Hand von einem heftigen Streit übel ramponiert worden war, die ursprünglichen Kontrahenten vor Gericht zu bringen. Die betreffenden Männer gründeten ihre Verteidigung darauf, daß die Worte ihnen längst nicht mehr gehörten. Jahre waren seitdem vergangen. War es etwa ihre Schuld, daß die Stadt es versäumt hatte, ihre Altlasten zu beseitigen? Der Richter entschied gegen die Klägerin, verurteilte die Stadt jedoch dazu, ihr einen neuen Mop zu kaufen. Sie war mit dem Urteil nicht zufrieden und wurde später dabei ertappt, wie sie die Schornsteine der beiden Beklagten mit Vitriol bestrich.

Einmal durfte ich eine der Frauen in ihrem Ballon begleiten und war, als die Wahrzeichen der Stadt unter uns zurückblieben, verblüfft darüber, ein leises Summen zu hören, wie das von Bienen. Das Summen wurde lauter und lauter, bis es erst wie das Gezwitscher von Vögeln klang, und dann wie das ohrenbetäubende Geschrei von Schulkindern, die in die Ferien entlassen werden. Die Frau deutete mit ihrem Mop, und ich sah eine vibrierende Masse aus vielen Farben vor uns auftauchen. Jetzt konnten wir uns gegenseitig nicht mehr verstehen.

Sie richtete ihren Mop auf ein besonders lärmendes, leuchtendrotes Band von Worten, die, soweit ich es mitbekam, von einer Gruppe junger Männer stammten, die aus einem Bordell nach Hause gingen. Am verkniffenen Mund meiner Gefährtin konnte ich erkennen, daß diese spezielle Arbeit ihr besonders unangenehm war, aber sie ließ nicht davon ab, und ein paar Minuten später war nur noch das verblassende Rosa einiger weniger geisterhafter Schimpfworte übrig.

Als nächstes wurden wir von einer Wolke der Wut attackiert, die auf einen Pfaffen zurückzuführen war, den man dabei ertappt hatte, wie er mit seiner Mutter Unzucht trieb. Die Wolke hüllte den Balkon vollständig ein, und ich fürchtete schon um unser Leben. Ich konnte meine Begleiterin nicht mehr sehen, dafür aber hören, wie der giftige Gestank sie husten machte. Plötzlich wurde ich von einer lieblichen Flüssigkeit benetzt, und alles war wieder hell.

»Ich habe sie mit Weihwasser besiegt«, sagte meine Begleiterin und zeigte mir ein steinernes Gefäß mit dem Siegel des Bischofs.

Von da an war unsere Aufgabe einfacher, und es tat mir sogar leid, die Liebesseufzer junger Mädchen weggefegt zu sehen. Meine Begleiterin, die mir sagte, das sei streng verboten, fing nichtsdestoweniger ein Sonett in einem hölzernen Kistchen ein und schenkte es mir zur Erinnerung. Wenn ich das Kästchen einen winzigen Spalt öffne, kann ich hören, wie das Sonett sich endlos wiederholt. So ist es ihm bestimmt, bis irgendjemand es befreit.

Gegen Ende des Tages gesellten wir uns zu den anderen Ballons, die die letzten verirrten und herumvagabundierenden Worte wegschrubbten. Der Himmel unter der untergehenden Sonne war von der Farbe geäderten Marmors, und ein großer Friede umgab uns. Als wir durch die saubere Luft nach unten sanken, sahen wir von Zeit zu Zeit neue Scharen von Worten an uns vorbeiziehen. Sie stammten von den Menschen auf den Straßen, die, mit dem Gewicht ihres Lebens nicht zufrieden, unablässig die gewichtigsten Dinge in die leichtesten Eigenschaften verwandelten.

Wir landeten vor der Universität, wo die Dekane, deren Streitgespräche den Äther so dicht bevölkert hatten, daß sie in den letzten fünf Jahren weder Sonne noch Regen zu Gesicht bekommen hatten, uns wie Helden willkommen hießen und uns zu einem Festmahl ins Haus führten.

In jener Nacht wurden zwei Liebende, die unter dem bleiernen Dach der Kirche miteinander flüsterten, durch ihre eigene Leidenschaft getötet. Die Überschwenglichkeit ihrer Worte, die durch die saturnische Dichte des Bleis nicht entweichen konnten, füllte die Räume des Dachbodens, so daß die Luft gänzlich verdrängt wurde. Die Liebenden erstickten, und als der Sakristan die winzige Tür öffnete, stießen ihn die Worte in ihrem Freiheitsdrang einfach zu Boden, und man konnte sehen, wie sie in der Gestalt von Tauben über die Stadt davonflogen.

Als Jordan ein kleiner Junge war, bastelte er Boote aus Papier und ließ sie auf dem Fluß schwimmen. Dadurch lernte er, wie der Wind ein Segel beeinflußt, aber er lernte nie, wie die Liebe das Herz beeinflußt. Seine Geduld wurde nur von seiner Hoffnung übertroffen. Er verbrachte Tage und Nächte mit seinen Holzstückchen, die er von Hühnerkisten erbeutet hatte, und jeder Fetzen Papier, den er stehlen konnte, wurde ein Segel. Ich beobachtete oft, wie er im Schlamm stand oder lag, die Nase fast in der Strömung, während seine Hände das Boot ausbalancierten und es dann in den Wind entsandten. Es ziehen ließen, und mit ihm Stunden seiner selbst. Später tat er genau dasselbe mit seinem Herzen. Er glaubte nicht an Schiffbruch.

Und er kam zu mir nach Hause, das Boot zerbrochen und das Gesicht tränenverschmiert, und wir saßen unter der Lampe und flickten, was wir konnten, und der nächste Tag war genau wie der erste. Aber als er sein Herz verlor, gab es keinen, der bei ihm saß. Er war allein.

In der Stadt der Worte, von der ich euch erzählt habe, war der Duft wilder Erdbeeren charakteristisch für das Haus, von dem ich euch noch nicht erzählt habe. Die Triebe dieser Pflanzen rankten über die von steinernen Kacheln umgrenzten Beete und klammerten sich an Tontöpfe und rostiges Schmiedeeisen und überwucherten die großen Steinplatten, mit denen der Hof gepflastert war. Jeder, der durch das äußere Tor kam, sah sich endlosen Wellen von Grün gegenüber, die an der Unterseite mit winzigen roten Beeren getüpfelt waren, manche davon von Spinnweben umhüllt wie vergessene Rubine. Es gab einen Weg durch eine eichene Tür, und hinter der Tür die quadratische Halle des Hauses, von der andere Türen abgingen. Es gab vier Ritterrüstungen in der Halle, und ein Labyrinth.

Die Familie, die in diesem Haus lebt, hat sich einem seltsamen Brauch verschrieben. Nicht einer von ihnen erlaubt seinen Füßen, den Boden zu berühren. Wenn man die Türen öffnet, die von der Halle abgehen, sieht man, nein, keine Fußböden, sondern bodenlose Gruben. Die Möbel des Hauses schweben auf Brettern, die von der Decke herabhängen; der Eßtisch wird gehalten von schweren Ketten, deren Glieder je sechs Zoll dick sind. Hier zu speisen ist eine große Seltsamkeit, denn der Besucher muß in einem vergoldeten Stuhl Platz nehmen und sich zu seinem Gedeck hinaufziehen lassen. Er kommt als letzter, die Familienmitglieder sitzen bereits an ihren Plätzen, unterhalten sich fröhlich und lassen ihre Füße über dem Abgrund baumeln, in dem Krokodile leben. Jeder, der hier speist, hat eine Vielzahl von Gläsern und Bestecken, für den Fall, daß etwas aus Versehen heruntergestoßen werden sollte. Was immer am Ende des Mahls übrig ist, wird in die Grube gescharrt, von wo ein furchterregendes Knirschen und Mahlen zu hören ist.

Wenn alle satt sind, bleiben die Herren am Tisch sitzen, während die Damen ihrem gesellschaftlichen Rang entsprechend über ein Drahtseil in ein anderes Zimmer wandeln, wo sie Gebäck und verdünnten Wein zu sich nehmen.

Es ist allgemein bekannt, daß die Decke eines Zimmers den Fußboden des nächsten ausmacht, aber dieser Haushalt kümmert sich nicht um diese ewig abwärts gerichtete Notwendigkeit und strebt ewig aufwärts, feiert Decken und leugnet Fußböden, und so hat das Haus niemals ein Ende, und die Bewohner müssen sich mit Hilfe von Seilwinde oder Drahtseil von Zimmer zu Zimmer begeben, wobei sie sich mit Zurufen vergnügen.

Das Haus steht heute leer, aber in diesem Haus, über dem Essen schwebend, umfunkelt von der Unterhaltung und umweht von den Düften einer wilden Ente, bemerkte ich eine Frau, deren Gesicht eine Seereise war, die anzutreten ich nicht den Mut hatte. Ich sprach nicht mit ihr, obwohl ich mit allen anderen sprach, und gegen Mitternacht zog sie flache Schuhe an und balancierte ohne das geringste Zögern über die Länge des Seils. Sie war eine Tänzerin.

Ich verbrachte die Nacht in meinem schwebenden Bett und schlief schlecht. Als der Morgen graute, beugte ich mich aus dem Fenster, ein Seil um meine Hüften geschlungen. Der Mond war noch sichtbar: mir wollte es scheinen, daß ich dem Mond näher war als dem Fußboden. Ein kalter Wind pfiff mir um die Ohren. Dann sah ich sie. Sie kletterte aus ihrem Fenster nach unten, an einem dünnen Seil, das sie im Laufe ihres Abstiegs mehrere Male zerschnitt und wieder zusammenknüpfte. Ich kniff die Augen zusammen, um ihr besser folgen zu können, aber sie war fort.

Um das Jahr 1640 herum, als Jordan ungefähr zehn Jahre alt war, lernte er an den Ufern der siedendheißen Themse John Tradescant kennen. Der Sommer war so heiß, daß eine Hausfrau, wenn sie ein Schwein rösten wollte, nie Feuer machen mußte; sie mußte das Tier nur eine Stunde im Hof festbinden. Mir wollte es scheinen, daß die Hitzewellen, die mich unablässig attackierten, geradewegs aus den Toren der Hölle hervorloderten, und ich bin sicher, daß am Tag des Jüngsten Gerichts all jene, die nicht auf der Seite der Engel stehen, dasselbe Brennen auf ihren Gesichtern und Zehen spüren werden, als Vorgeschmack auf die Torturen, die ihnen bevorstehen. Ich konnte kaum vor die Tür treten, ohne soviel Flüssigkeit auszuschwitzen, daß man einen Eimer hätte füllen können. Diese Wasserfälle schwemmten ungezählte Läuse und andere scheue Kreaturen mit sich davon, und da ich gezwungen war, mich häufig unter die Pumpe zu stellen, kann ich ruhigen Gewissens sagen, daß ich sauber war.

»Reinlichkeit kommt gleich nach Gottesfurcht«, sagte ein vorübergehender Puritaner.

»Gott sieht auf das Herz und nicht auf das Kleid einer armen Frau«, gab ich zurück, aber auch das konnte die kleine Predigt nicht verhindern, die er mir jetzt hielt, die Augen so frömmlerisch verdreht wie ein Hase. Es ist wahr, daß die Unruhe in der Stadt nicht nur auf die Hitze zurückzuführen ist, sondern auch darauf, daß der König sich anscheinend zum Papisten wandelt, und das Parlament ist in heller Aufregung, und Cromwell mit seinem unförmigen Kopf hört nicht auf, darin herumzuschüren.

Eines Morgens war Jordan früh aufgestanden, um seine Boote schwimmen zu lassen, und ich hatte ihm nach meinen Pflichten mit den Hunden einen Apfel versprochen. Gegen das helle Licht blinzelnd, machte ich mich auf, ihn zu finden, und sah ihn in der Ferne auf einem ameisenzerfressenen Steg sitzen, einen Gentleman neben sich. Ich eilte mich sehr, dachte ich doch, der Mann könne ein glattgesichtiger Schurke sein, der nur darauf aus war, meinen Jungen zu stehlen.

Als ich näher kam, winkte Jordan mir zu, und der Gentleman erhob sich und verneigte sich leicht, was mich mächtig freute, und sagte, sein Name sei John Tradescant. Dann machte er eine kleine Pause und fügte hinzu: »Gärtner des Königs.«

Er war ein gutaussehender Mann in den Dreißigern, und er ließ sich keine Bangigkeit anmerken, daß der wurmstichige Steg jeden Augenblick in seine Einzelteile zerbersten könnte, wo mein Gewicht ihn ins Wanken brachte wie eine Krähe das Haus eines Zaunkönigs. Er fragte mich, ob ich nicht Platz nehmen wolle, und ich hatte Erbarmen mit ihm und stapfte ans Ufer zurück. Er kauerte sich hin und kramte in seiner Tasche herum und brachte drei Pfirsiche zum Vorschein. Einen bot er mir an, und einen gab er Jordan, der ihn mit beiden Händen umklammerte, als wäre er eine Kristallkugel.

»Ich habe sie selbst gezogen«, sagte Tradescant. »Ihr eßt vom Baum des Königs.«

Dann biß er in seinen, daß der Saft ihn über und über bespritzte, und ich tat es ihm vorsichtig nach, aber auf damenhaftere Art und Weise. Jordan tat gar nichts, und ich mußte ihn an seine Manieren erinnern.

Tradescant sagte, er sei am Fluß entlang den ganzen Weg von Putney bis Mermaid Dock gewandert, weil ein Problem ihn quäle. Dann hatte er ein kleines Boot vorbeisegeln sehen und war von seinem leichten Dahingleiten so bezaubert gewesen, daß er seine Melancholie vergaß und im Geiste seine eigenen

Tage der Abenteuer auf den Weltmeeren noch einmal durchlebte. Viele Jahre lang, bis ins Jahr 1637, das Jahr, in dem sein Vater starb, war er zu exotischen Orten gesegelt und hatte so seltene Pflanzen gesammelt, wie Sterbliche sie noch nie gesehen hatten. Diese beherbergte er im Museum und Kräutergarten seines Vaters in Lambeth. Nach dem Tod seines Vaters war er gezwungen, von seinen Reisen in Virginia zurückzukehren und die Familienstellung als Gärtner des Königs anzutreten. Die Arbeit gefiel ihm nicht schlecht, aber manchmal fühlte er sich innerlich wie ausgehöhlt, und an diesen Tagen wußte er, daß sein Herz auf dem Meer war.

»Ein Mann muß Pflichten haben«, sagte er. »Aber es sind nicht immer die, die er sich selbst ausgesucht hätte.«

»In der Tat nicht«, sagte ich. »Und für eine Frau ist die Bürde des Teufels die doppelte Last.«

Als Tradescant am Ufer gestanden und das Boot beobachtet hatte, mit versteinertem Körper, während in seinem Inneren die Gedanken rasten, war Jordan angerannt gekommen, um seinem kleinen Schiff Mut zuzurufen. Seine Augen waren nur auf seine eigenen Angelegenheiten gerichtet, nicht auf Tradescants Beine, und einen Augenblick später lagen die beiden flach auf dem Boden, und Jordan war hin- und hergerissen zwischen der Angst vor einer Tracht Prügel und der bangen Furcht, sein Boot zu verlieren. Tradescant jedoch zog ihn hoch, rettete das Gefährt und führte Jordan zu dem Steg, auf dem ich die beiden sitzend vorgefunden hatte.

Er zeigte Jordan, wie er das Ruder verlängern mußte, damit das Boot, ohne zu kentern, auch in tieferem Wasser schwimmen konnte. Er erzählte ihm Geschichten von Felsen, die unvermittelt aus dem Ozean aufragten, das einzige Land, soweit das Auge reichte, und kein Leben auf diesem Land, bis auf die kreischenden Vögel. Er sagte, das Meer sei so gewaltig, daß kein Mensch jemals damit fertig werden könne, es zu befahren, und daß jede kartographierte Reise eine andere Reise enthält, die in ihren Linien verborgen ist...

Ich lachte ihn aus, denn die Erde ist gewiß ein leicht zu handhabender Ort, gemacht aus Blut und Steinen und gänzlich flach. Ich bin überzeugt davon, daß ich von der einen auf die andere Seite gehen könnte, wenn mir der Sinn danach stünde. Und wenn einer großen Vielzahl von uns der Sinn danach stünde, bliebe kein Flecken Erde unberührt, und wo wären dann die Reisen, die sich ineinander fälteln wie eine Ziehharmonika?

Aber Jordan glaubte ihm, und als Tradescant sich verabschiedet hatte, gingen Jordan und ich nach Hause, er vorneweg hüpfend, sein Schiff in den Armen, ich ein paar Schritte hinter ihm. Ich betrachtete seinen schmalen Körper und seine schwarzen Haare und fragte mich, wie lange es dauern würde, bis er seine Schiffe so groß machen würde, daß er sie nicht mehr tragen konnte, und dann würde eines von ihnen ihn davontragen und mich für immer zurücklassen.

Wie abstoßend bin ich?

Meine Nase ist flach, meine Augenbrauen sind buschig. Ich habe nur wenige Zähne, und diese sind ein wenig erfreulicher Anblick, sind es doch nur schwarze Stummel. Als ich noch ein kleines Mädchen war, hatte ich die Pocken, und die Löcher in meinem Gesicht sind reichlich Heimstatt für Flöhe. Aber ich habe gute blaue Augen, die im Dunkeln sehen. Was meine Größe angeht, so weiß ich nur, daß, bevor Jordan gefunden wurde, ein reisender Zirkus nach Cheapside kam, und in diesem Zirkus gab es einen Elefanten. Wir waren alle sehr froh, den Elefanten zu sehen, ein riesiges Tier mit einer wandernden Nase. Sein Trick bestand darin, auf einem Stuhl zu sitzen wie jeder wohlerzogene Gentleman und ein Augenglas zu tragen. Ihm gegenüber war ein zweiter Sitz, und das Spiel bestand darin, eine bestimmte Zahl von Personen zu nennen, die, so gut es eben ging, einer über den anderen auf den anderen Stuhl klettern sollten, um Samson, wie der Elefant genannt wurde, an Gewicht zu überbieten. Dies war bisher noch niemandem gelungen, obwohl der Preis ein Fäßchen Bier war.

Eines Abends, als ich mit einem Band in den Haaren durch die Menge schlenderte, kam es mir in den Sinn, selbst zu versuchen, Samson zu überbieten. Ich hatte ihn mir angesehen, und er schien mir nicht zu groß für mich zu sein. Also griff ich mir den Mann, der die Menge laut grölend aufforderte, Mut zu fassen und gegen ein harmloses Tier anzutreten, und sagte, ich würde den Platz einnehmen.

»Aber Madam«, schrie dieses kleine Stück Geschmeiß. »Ich sehe doch, daß Sie nicht mehr wiegen als ein Engel.«

»Und ich sehe, daß Sie nichts über die Heilige Schrift wissen«, sagte ich. »Denn nirgendwo in diesem heiligen Buch steht etwas über das Gewicht eines Engels geschrieben.«

Seine Augenbrauen schossen zum Himmel hinauf, und sie waren gewiß der einzige Teil von ihm, der je dorthin gelangen würde, und er fing an, seine Trommel zu rühren und ein Geschrei anzustimmen wie auf einer Beerdigung und zu brüllen, hier gebe es was zu sehen, kommt alle her, kommt alle her. Bald konnte ich wegen der Hitze all der vielen Körper kaum noch atmen, und der Elefant mußte mit einem Eimer kaltem Wasser wiederbelebt werden.

»Erlauben Sie mir, Sie zum Stuhl zu führen«, sagte der krummbeinige Bube, und die Glöckchen an seinem Hut schepperten und bimmelten.

Ich besitze ein von Natur huldvolles Wesen und erlaubte es ihm.

»Aber erst werde ich Sie durchsuchen müssen«, sagte die Kreatur und verdrehte, der Menge zugewandt, die Augen. »Denn ich muß sicher sein, daß Sie frei sind von Bleigewichten und anderen Vorteilen.«

»Anfassen werden Sie mich nicht«, rief ich. »Aber ich werde Ihnen zeigen, was es zu sehen gibt.« Und ich hob mein Kleid hoch über meinen Kopf. In Anbetracht der Hitze trug ich keine Unterkleider.

Aus der Menge erhob sich ein lautes Stöhnen, und ich hörte, wie eine Stimme mich mit einer Bergkette verglich. Aber immerhin brachte mein Vorgehen den Schwachkopf zum Schweigen, der keinen Pieps mehr von einer Durchsuchung sagte und einfach nur auf den Stuhl deutete.

Ich atmete tief ein, füllte meine Lungen mit Luft und ließ mich mit aller Kraft auf den Stuhl fallen. Aus der Menge stieg ein Schrei auf. Ich öffnete die Augen und sah zu Samson hinüber. Er war verschwunden. Sein Stuhl wippte leer wie eine Schaukel in einem Sommerhaus vor sich hin, sein Augenglas lag auf dem Boden. Ich hob den Kopf und folgte den Blicken der anderen. Hoch über uns, weit, weit weg, wie ein schwarzer Stern an einem weißen Himmel, schwebte Samson.

Es ist eine beträchtliche Verantwortung für eine Frau, einen Elefanten in den Himmel gezwungen zu haben. Was dies jedoch über meine Größe aussagt, ist unsicher, denn ein Elefant sieht zwar groß aus, aber woher soll ich wissen, was er wiegt? Ein Ballon sieht auch groß aus und wiegt nichts.

Ich weiß, daß sich die Leute vor mir ängstigen, sei es wegen dem Kläffen meiner Hunde oder weil ich jeden einzelnen von ihnen überrage. Als ich noch ein Kind war, hob mein Vater mich einmal auf seine Knie, um mir eine Geschichte zu erzählen, und brach sich dabei beide Beine. Er hat mich nie wieder berührt, außer mit der Spitze der Peitsche, die er für die Hunde benutzte. Aber meine Mutter, die nur eine kurze Weile lebte und so leicht war, daß sie es nicht wagte, bei Wind vor die Tür zu gehen, konnte mich auf ihren Rücken heben und meilenweit tragen. Die Leute redeten von Hexerei, aber was ist stärker als die Liebe?

Als Jordan noch neu war, setzte ich ihn auf meine Handfläche wie ein kleines Hündchen und hielt ihn vor mein Gesicht und ließ ihn die Flöhe aus meinen Narben picken.

Er war immer glücklich. Wir waren beide glücklich, und falls ihm je auffiel, daß ich umfänglicher war als die meisten anderen Leute, erwähnte er es nie. Er war stolz auf mich, weil kein anderes Kind eine Mutter hatte, die ein Dutzend Orangen auf einmal in den Mund nehmen konnte.

Wie abstoßend bin ich?

Eines Morgens, kurz nach dem Ausbruch des Bürgerkrieges, der einen Monat später hätte vorbei sein müssen und acht Jahre dauerte, kam Tradescant auf der Suche nach Jordan in unser Haus. Ich stritt mich gerade mit einem meiner Nachbarn herum, einem eingeschrumpften Hohlkopf von einem Kerl mit schmalen Schlitzaugen und einer Nase, an die man einen Hut hätte hängen können. Der Storchenschnabel wollte mir erzählen, es sei ein Unrecht des Königs, Krieg gegen sein eigenes Volk zu führen, und ich sagte, wenn die großmäuligen Schotten nicht schon wieder mit ihrem Hokuspokus angefangen hätten, immer auf der Suche nach einem Streit mit egal wem, hätten wir keinen Krieg. Wir hatten elf Jahre mit einem König und ohne ein Parlament gelebt, und jetzt hatten wir ein Parlament und herzlich wenig von einem König.

So weit ich weiß, und ich bin nicht sehr gebildet, war der König gezwungen, ein Parlament einzuberufen, damit es ihm Geld für seinen Krieg gegen die röcketragenden schottischen Unholde mit ihren heidnischen Bräuchen bewilligte. Heidnisch bis auf die Knochen, und dabei versuchte der arme König nur, sie dazu zu bringen, ein anständiges Gebetbuch zu benutzen. Aber sie wollten nichts von seinem Gebetbuch wissen und bedrohten seinen Thron auf höchst unchristliche Art. Der König, der sich an sein eigenes Volk wandte, mußte feststellen, daß er ein Parlament voller Puritaner hatte, die ihm keine Gelder zubilligen wollten, solange er ihnen keine Reformen zubilligte. Nicht zufrieden mit der anglikanischen Hochkirche, die der gute König Henry uns allen hinterlassen hatte, wollten sie etwas haben, was sie »Eine Kirche Gottes« nannten.

Sie sagten, der König sei ein leichtfertiger Verschwender, die Bischöfe allesamt korrupt, unser Allgemeines Gebetbuch voller papistischer Sitten und Bräuche, und die Königin selbst, französisch wie sie nun einmal war, gehe allen möglichen papistischen Sitten und Bräuchen nach. Oh, sie haßten alles, was schön und prächtig und voller Leben war, und sie gingen einher in ihren langweiligen grauen Anzügen, aus denen oben ihre langweiligen, grauen Gesichter herausragten. Das einzig Gefällige an ihnen waren ihre Taschentücher, die sie gerne mit Spitzen besetzt und so weiß, wie ihre Seelen es ihrer Meinung nach waren, mit sich herumtrugen. Ich selbst habe Puritaner an einem Theater vorbeigehen sehen, wo alles Fröhlichkeit und Freude war, und sie hielten sich die Nase mit ihren gestärkten Leinentüchern zu, vor lauter Angst, sie könnten das Vergnügen riechen und davon angesteckt werden.

Kaum daß sie ein bißchen Macht in der Hand hatten, dauerte es nicht lange, und sie hatten jedes einzelne Theater in London geschlossen.

Aber hatte nicht unser Erlöser Wasser in Wein verwandelt?

Unser eigener Diener Gottes lief bald zu den Puritanern über und fing an, den König von seiner Kanzel zu verunglimpfen.

»Prediger Scroggs«, sagte ich eines Morgens, nachdem er sich in seiner Predigt über die Worte »Und die Erinnerung an die Bösen soll verrotten« ausgelassen hatte. »Wissen Sie denn nicht, daß unser König ein König von Gottes Gnaden ist?«

Er fixierte mich mit dem besseren seiner zwei schielenden Augen an und faltete die Hände.

»Heben Sie die Augen zum Himmlischen König, verehrte

Dame«, sagte er. »Es gibt keine irdische Macht außer der des Teufels.«

Von seiner Frau habe ich gehört, daß er es mit ihr durch ein Loch im Laken treibt.

»Küßt er dich denn nicht?« fragte ich sie.

»Er hat mich noch nie geküßt«, antwortete sie. »Aus Angst vor der Lust.«

Demnach muß die Lust etwas sehr Mächtiges sein, wenn sie sich herbeirufen läßt, indem man diese Frau küßt, die mit ihren großen Ohren und ihren stierenden Augen eine verblüffende Ähnlichkeit mit einem Hasen hat.

Es ist ein sehr wahres Sprichwort, das sagt, daß man das, was man fürchtet, auch findet.

Mein Nachbar, der eine große Vorliebe für Prediger Scroggs empfindet, größtenteils deshalb, weil gleich und gleich sich gern gesellt, hielt mir in den pompösesten Tönen einen Vortrag über den Willen Gottes, so als kenne er Gott so gut, wie ich meine Hunde kenne. Also war ich gezwungen, ihn in Grund und Boden zu schreien, war doch jede Vernunft an so einen Holzklotz verschwendet, und auf diese Weise traf Tradescant mich an.

»Madam, Madam, so beruhigen Sie sich doch«, sagte er auf seine sanfte Art.

Ich drehte mich um, und obwohl ich ihn zwei Jahre nicht gesehen hatte, erkannte ich ihn sofort.

»Mr. Tradescant«, sagte ich. »Ich verteidige den König.«

»Ein ehrenhaftes Anliegen«, sagte er.

Daraufhin erklärte mein Nachbar, er würde erst vor einem König niederknien, wenn er Jesus vor sich hätte. Die Herrschaft der Heiligen auf Erden, sagte er, würde jeden Augenblick beginnen, und die Sünder würden allesamt brennen und dem Verderben anheimfallen.

Mir blieb nichts anderes übrig, als ihn zu erwürgen, und obwohl ich dazu nur eine Hand benutzte und ihn am Ende meines ausgestreckten Arms über dem Boden baumeln ließ, war er im Nu puterrot angelaufen, und der arme John Tradescant hängte sich an meinen Arm wie ein Äffchen und flehte mich an, innezuhalten.

»Also gut, ich werde ihn Ihretwegen verschonen, Sir«, sagte ich und ließ das häßliche Ding auf seinen eigenen Misthaufen fallen.

Dann dachte ich nicht weiter an ihn, sondern führte Tradescant auf einen Humpen Bier in unser Haus. Er sah blaß aus, zweifellos aufgrund seiner Reise.

»Ich komme wegen Jordan«, sagte er.

Wie es sich ergab, suchte er einen Gärtnergehilfen für Wimbledon, wo er einen großen Garten für Königin Henrietta anlegte. Er war nicht bereit, sich von den Unruhen in seiner Arbeit stören zu lassen, denn er hatte sich in den Kopf gesetzt, daß, wenn die Königin im Triumph vom Kontinent zum König zurückkehrte und die Kinder mitbrachte – die aus Sicherheitsgründen versteckt gehalten wurden –, der Garten ein Monument für ihren Mut sein würde.

Aber wie sollte ich es ertragen, Jordan zu verlieren, der mir so lieb und mein einziger Trost war?

Tradescant versuchte mit all seinen sanften Methoden, mich zu überreden. Ich weigerte mich beharrlich und sagte, es sei zu weit, als daß mein Junge den Weg jeden Tag auf sich nehmen könne. Und doch wollte ich, daß Jordan die Arbeit bekam, wußte ich doch, wie sehr es ihn freuen würde, all diese exotischen Dinge an einem Ort wachsen zu sehen. Endlich fiel mir eine Lösung ein.

»Ich werde ihn begleiten«, sagte ich.

Tradescant sah mich überrascht an, also fuhr ich fort.

»Ich hätte nicht übel Lust, für ein Weilchen die Luft von Wimbledon zu atmen.«

»Aber es gibt nichts, wo Sie wohnen könnten«, sagte er. »Jordan wird bei den anderen Männern des Anwesens untergebracht sein.«

Ich besitze eine natürliche Begabung für die Architektur, hatte ich meine Hütte doch selbst gebaut, und ich versicherte Tradescant, daß ich auch eine zweite bauen könnte.

Er breitete die Arme aus, er seufzte, aber ich wußte, daß ich gesiegt hatte.

»Und meine Hunde, ich muß sie mitbringen.«

Er fragte mich, wie viele ich denn hätte, und ich tröstete ihn, indem ich sagte, im Augenblick seien es nur ganz wenige.

»Wann kann ich Sie erwarten?«

»Wir werden uns morgen auf den Weg machen. In welcher Richtung liegt Wimbledon?«

Er sagte, der Kutscher würde es sicherlich wissen, und da er es anscheinend eilig hatte wegzukommen, drängte ich ihn nicht weiter und dachte, ich würde es bestimmt vom Wirt des »Crown of Thorns« in Erfahrung bringen können.

Drei Tage später rannte ein Schwachkopf stotternd und mit Schaum vor dem Mund zu Mr. Tradescant und schrie, eine böse Hexe mit ihren Höllenhunden sei in den Garten eingefallen. Tradescant kam ans große Tor gelaufen, und er muß sehr erleichtert gewesen sein, als er sah, daß nur ich es war, die Jordan an der Hand führte.

»Ihre Hunde«, sagte er, und ich sah, daß sein Adamsapfel auf und nieder hüpfte.

»Ja«, antwortete ich. »Nicht mehr als dreißig, und nur fünf davon im trächtigen Alter.«

Er war ein echter Gentleman, und falls er ein wenig schokkiert ausgesehen hatte, so faßte er sich kurz darauf und fragte, ob er für unsere Kutsche aufkommen und jemand schicken dürfe, der sich um unser Gepäck kümmere.

»Es gibt keine Kutsche«, sagte ich zu ihm. »Und hier ist unser Gepäck.« Und ich zeigte ihm ein Bündel aus rotem Tuch, das aussah wie ein riesiger Weihnachtspudding. Jordan hatte sein Boot unter dem Arm.

»Aber wie…?«

»Wir sind zu Fuß gekommen«, sagte ich. »Und wenn Jordan müde war, habe ich ihn getragen.«

Tradescant sagte nichts und versuchte statt dessen, mir mein Bündel abzunehmen, was jedoch nur dazu führte, daß er im nächsten Augenblick platt auf dem Boden lag. Ganz sanft, so wie eine Mutter es am besten weiß, hob ich ihn mitsamt dem Bündel in meine Arme, und mit meinen dreißig Hunden und Jordan dicht hinter mir durchschritten wir das Tor des großen Anwesens und begannen unser neues Leben als Bedienstete des Königs.

Ich schlief zwei unruhige Stunden in meinem hängenden Bett und ließ mich dann mit einem an Seekrankheit erinnernden Gefühl an einem Flaschenzug zum Frühstück herunter.

Meine Gastgeber übten sich an diesem Vormittag im Bogenschießen, und so konnte ich mich entschuldigen und die Stadt nach der Tänzerin durchforschen. Niemand im Haus erinnerte sich an sie, obwohl ich mir nicht erklären konnte, wie das möglich sein sollte, wo doch ihre Lieblichkeit den Rest der Gesellschaft in Flammenzungen verzehrt hatte.

Ich fing mit dem Theater an, ging dann zur Oper und setzte meine Suche mit immer größer werdender Angst in immer niedriger werdenden Zirkeln der Verruchtheit fort: in Cafés und Kasinos und Freudenhäusern, und schließlich in einer Höhle von Prostituierten, die ein reicher Mann für seine Freunde bereithielt. Die Frauen waren hilfsbereit, rieten mir jedoch, als Frau verkleidet zurückzukommen. Auf diese Weise würde man mir vielleicht Zutritt gewähren. Als Mann, wie keusch auch immer, würde man mich entweder davonjagen oder zum Eunuchen machen.

Ich tat, was sie mir geraten hatten und kam in einem schlichten Gewand, das ich mir für den Tag ausgeliehen hatte, zu ihnen zurück. Sie lobten meine Kostümierung und brachten mich zum Erröten, indem sie meine Wange streichelten und ihre Glätte bewunderten.

Wir tranken nicht gespritzten Wein, und als der Wärter kam und fragte, wen sie da bewirteten, stand eine von ihnen auf und sagte, ich sei ihre Cousine von weit her.

Sie wußten nichts über die Tänzerin. Sie gehörte nicht zu ihrem Umkreis, aber sie versprachen, sich bei ihren Freunden zu erkundigen.

Wie konnten sie dieses Eingesperrtsein nur ertragen?

Ihre Unterkünfte waren zwar sehr bequem, mit jeder nur denkbaren Art von Diwan und Bett und Spiel, aber sie durften das Haus nicht verlassen.

Wie konnten sie nur ohne jeden Raum leben?

Keine Antwort, aber es schien mir, als würden sie ohne Worte miteinander kommunizieren. Dann ergriff eine von ihnen das Wort und erklärte mir, sie seien keineswegs so eingeschränkt, wie es auf den ersten Blick scheine, und daß sie in der Nacht kämen und gingen, wie es ihnen beliebe.

Wie war das möglich? Das Haus war vergittert. Jede Tür hatte dreizehn Schlösser. Die Fenster waren zu hoch, als daß man sie erreichen könnte, und die Dachluken, obwohl immer offen, konnten nicht erklettert werden.

Unter dem Haus gab es einen Bach. Dieser Bach führte auf seinem Weg zum Fluß, auf dessen Weg zum Meer, unter dem Haus einer völlig anderen Gruppe von Frauen vorbei. Nonnen. Ihr Kloster, das Kloster der Heiligen Mutter, hatte über dem Bach eine Kellerluke. Jede Nacht ließen sich die Frauen, die sich in der Stadt amüsieren, Freunde besuchen oder mit ihrem Liebsten zu Abend essen wollten, in das schnellfließende Wasser gleiten und wurden von der Strömung zum Kloster getragen. Die Nonnen des Klosters hatten die Gewohnheit, den Bach die ganze Nacht zu beobachten, und jede Frau, die unter dem Gewölbe des Klosters vorbeischoß, wurde unverzüglich von der wachhabenden Nonne mit einem großen Krabbennetz herausgefischt.

Manche der Frauen hatten Geliebte im Kloster selbst; andere bewahrten dort nur Kleider zum Wechseln auf und begaben sich in die Außenwelt hinaus. Im Morgengrauen wurden sie wieder ins Wasser hinabgelassen und schwammen mit großer Behendigkeit stromaufwärts zurück in ihre verschlossene Zitadelle.

Ihr Besitzer, ein kurzsichtiger Mann von geringer Intelligenz, merkte nie, daß die Frauen in seiner Obhut immer anders aussahen. Es gab in der Stadt die unausgesprochene Übereinkunft, daß jede Frau, die schnell ein Vermögen ansammeln wollte, in dieses Haus kommen und dort arbeiten und die Kunden berauben und die Kostbarkeiten stehlen konnte, die an den Wänden in Sicherheit geglaubt wurden. Ohne es zu wissen, hatte dieser selbstsüchtige Mann, für den das Leben nichts weiter war als eine Handelsware, die Zukunft von Tausenden von Frauen finanziert, die jetzt in alle Welt verstreut oder als Geschäftsfrauen oder Händlerinnen tätig waren. Ebenso hatte er ganz allein den allseits berühmten Bestand des Klosters an guten Weinen und jede Menge Altarschmuck bezahlt.

Einige Jahre später hörte ich, daß er eines Tages in sein Lustzimmer gekommen war und es aller Frauen und Schätze ledig vorgefunden hatte. Er konnte dies nie begreifen, und es gelang ihm nie, einen Zusammenhang zwischen diesem Vorfall und dem plötzlichen Zuwachs an Novizinnen im Kloster der Heiligen Mutter herzustellen.

Ich habe eine Reihe von Menschen kennengelernt, denen daran gelegen war, sich von den Bürden ihres Geschlechts zu befreien und sich zu verkleiden – Männer als Frauen und Frauen als Männer.

Nach meinem Erlebnis in der Höhle der Prostituierten beschloß ich, eine Weile als Frau zu leben, und nahm eine Stellung an einem Fischstand an.

In dieser Zeit lernte ich, daß Frauen eine ganz private Sprache besitzen. Eine Sprache, die nicht von den Konstruktionen der Männer abhängig, sondern durch Zeichen und Ausdrücke strukturiert ist und ganz gewöhnliche Worte als Code-Worte benutzt, die etwas völlig anderes bedeuten.

In meinen Unterröcken war ich eine Reisende in einem fremden Land. Ich beherrschte die Sprache nicht. Man begegnete mir mit Mißtrauen.

Ich beobachtete, wie Frauen mit Männern flirteten, Männern schmeichelten, mit Männern Geschäfte machten, und dann beobachtete ich, wie sie sich vor Lachen bogen, sich gemeinsam über den Witz amüsierten, während sich die Männer in tiefster Unwissenheit als Herren der Lage fühlten und davongingen, um in Wirtshäusern über die Dummheit des schwächeren Geschlechts zu schwafeln und von Kanzeln davon zu predigen.

Diese Verschwörung der Frauen machte mich fassungslos. Ich habe Frauen gern; ich bin in ihrem Beisein vielleicht ein wenig schüchtern, aber ich habe große Achtung vor ihnen. Ich hatte nie geahnt, wie sehr sie uns hassen oder wie sehr sie uns bedauern. Sie halten uns für Kinder, die zuviel Taschengeld bekommen. Die Besitzerin des Fischstands warnte mich davor, je zu versuchen, eine andere Frau zu betrügen, trug mir aber auf, immer zu versuchen, Männern den doppelten Preis zu berechnen oder sie mit schlechter Ware nach Hause zu schicken.

»Ihre Nasen sind unempfindlich«, sagte sie. »Sie können einen Hummer von gestern nicht von einem frischen unterscheiden.«

Und sie riet mir, immer daran zu denken, daß eine Frau, die betrogen wurde, dies niemals vergißt und es einem eines Tages heimzahlen wird, und wenn es Jahre dauern sollte, während ein Mann tobt und schimpft und einem vielleicht eine Ohrfeige gibt und sich dann von etwas anderem ablenken läßt.

Bemüht, mich alles über die Männer zu lehren, und besorgt darüber, daß ich nichts, aber auch gar nichts wußte, verfaßte sie für mich ein Buch mit Regeln, aus dem ich die erste Seite zitieren will.

1. Männer sind leicht zufriedenzustellen, bleiben es aber nicht lange, bevor etwas Neues sie entzücken muß.
2. Männer sind leicht zu entflammen, aber unfähig, lange entflammt zu bleiben.
3. Männer sind ständig auf der Suche nach sanften Frauen, müssen dann aber feststellen, daß ihr Leben ohne starke Frauen zusammenbricht.
4. Männer müssen stets und ständig beschäftigt werden, sonst richten sie nur Unheil an.
5. Männer halten sich selbst für schwerwiegend und Frauen für leichtfertig. Aus diesem Grund ist es leicht, ihnen einen Stein um den Hals zu binden und sie zu ertränken, sollten sie sich als zu störend erweisen.
6. Männer bleiben am besten in kleinen Gruppen sich selbst überlassen, wo sie sich in Trunksucht und gegenseitiger

Konkurrenz gänzlich verausgaben. Währenddessen kann eine Frau ungestört ihr eigenes Leben führen.

7. Männer dürfen bei Dingen, die dir am meisten am Herzen liegen, nie nie nie ins Vertrauen gezogen werden, und wenn sie selbst es sind, die dir am meisten am Herzen liegen, darfst du es ihnen niemals sagen.
8. Wenn ein Mann dich um Geld bittet, gib es ihm nicht.
9. Wenn du einen Mann um Geld bittest und er es dir nicht gibt, verkaufe seinen kostbarsten Besitz und mache dich auf der Stelle aus dem Staub.
10. Deine größte Stärke ist die, daß jeder Mann glaubt, die Summe und Substanz jeder Frau zu kennen.

Ich war sehr verwirrt, als ich diese erste Seite las, aber nachdem ich mein eigenes Herz und das Verhalten derer um mich herum erforscht hatte, mußte ich zugeben, daß alles stimmte. In diesem Augenblick erreichte meine Schwere ihren Höhepunkt, und ich konnte mich nicht mehr von dem Platz erheben, auf dem ich saß. Ich blickte mich um und sah, daß ich einer in einer langen Reihe von Unglücklichen war, die wie die Krähen auf einem umgestürzten Baumstamm saßen. Alle jammerten und klagten zum Gotterbarmen, und keiner konnte sich vor Sorgen bewegen.

Ich hatte insofern Glück, als daß meine Hände frei waren, und ich griff in meinen Fischkorb, zog eine Meerbarbe heraus und schwenkte sie über meinem Kopf.

Bald schon erschien ein Schwarm Seevögel, die beim Anblick des Fisches kreischten. Ich schwenkte einen weiteren in meiner linken Hand, und wie ich es gehofft hatte, stürzten die Vögel herab, um sich die Fische zu holen.

Als sie ihre Schnäbel in meinen Köder schlugen, ließ ich jedoch nicht los, und die Vögel, erzürnt über den Widerstand, der sie am Fressen hinderte, schlugen nur um so heftiger mit den Flügeln und schafften es, mich mit sich hochzuziehen. Ich ließ sofort los, aber die Vögel, die mich anscheinend für einen seltsamen großen Fisch hielten, trugen mich hoch in die Luft hinauf und flogen mit mir über die Stadt und hinaus aufs Meer.

Tief unter mir sah ich, wie die Wellen gegen steile Klippen schlugen, und ich sah die Segel von Schiffen auf ihrem Weg in die Tropen. Vor lauter Angst verlor ich die Besinnung, und als ich wieder zu mir kam, befand ich mich nicht mehr in der Luft, sondern schien in einer Stadt, die ich nicht erkannte, auf dem Fenstersims eines vornehmen Hauses zu sitzen. Ein junges Mädchen kam ans Fenster, fragte mich, ob ich die Schwester sei, um die es gebetet hatte, und lud mich höflich in sein Bett ein, wo ich die Nacht in einiger Verwirrung verbrachte.

Was ist die Liebe?

Am Morgen nach unserer Ankunft in Wimbledon erwachte ich in einem Pfuhl philosophischer Gedanken, wenn auch getröstet durch Jordans regelmäßige Atemzüge und das Schnarchen meiner dreißig Hunde.

Ich bin zu riesig für die Liebe. Niemand, ganz gleich, ob männlich oder weiblich, hat je gewagt, sich mir zu nähern. Alle haben sie Angst davor, Berge zu bezwingen.

Ich mache mir Gedanken über die Liebe, weil der Pastor sagt, daß einzig Gott allein uns wahrhaft liebt und alles andere nur Lust und Selbstsucht ist.

In der Kirche gibt es Schnitzereien von einem Mann zu sehen, dessen Glied auf die Größe eines Eierkürbis angeschwollen ist und der eine Frau besteigt, deren Titten über den Boden streifen wie bei einer Kuh die Euter kurz vor dem Melken. Sie hat die Augen geschlossen, und er hat seine zum Himmel verdreht, und keiner der beiden merkt, daß das Gras in Flammen steht.

Der Pastor hat diese Schnitzereien anfertigen lassen, damit wir über unsere Sünden nachdenken und erkennen können, wo sie hinführen müssen.

Es sind auch Frauen zu sehen, heiß vor Lust, deren Münder aneinander saugen, und Männer, die sich gegenseitig so gepackt halten, wie man einen Viehstecken packen würde.

Wir ziehen jeden Sonntag daran vorbei, um uns selbst zu erniedrigen und in der nächsten Woche rein zu bleiben, aber ich habe hier und dort eine Ausbuchtung gesehen, wo alles ruhig und gottesfürchtig hätte sein sollen.

Was mich selbst angeht, so kommt alle Liebe, die ich kenne, von meinen Hunden, die sich nichts daraus machen, wie ich aussehe, und von Jordan, der sagt, daß ich, obwohl ich so breit und schlammig bin wie der Fluß, nach dem er benannt ist, auch seine Familie bin. Und was den Rest dieser sündigen Welt angeht, so behandeln mich die Leute meiner Kenntnisse wegen einigermaßen zuvorkommend und gehen mir ansonsten aus dem Weg, wenn sie können.

Ich züchte Schweißhunde, genau wie mein Vater es vor mir tat, und wie ich hoffte, daß Jordan es nach mir tun würde. Aber er wollte nicht bleiben. Sein Kopf war vollgestopft mit Geschichten von anderen Kontinenten, wo die Menschen das Gesicht auf der Brust tragen und manche auf einem Bein hüpfen und dem Gewicht der Natur trotzen. Diese Hüpfer legen mit einem einzigen Sprung eine ganze Meile zurück und verlangen keine andere Nahrung als Baumrinde. Es ist allgemein bekannt, daß ihre Gefährten Schlangen sind, genau jene Tiere, die uns alle aus dem Paradies vertrieben haben und uns immer noch sündigen lassen.

Diese Tiere sind so gerissen, daß sie, wenn sie die Töne eines Schlangenbeschwörers hören, ein Ohr auf die Erde legen und das andere mit ihrem Schwanz verstopfen. Ich wäre froh, ich könnte mich auch vor der Sünde bewahren, indem ich mir die Ohren mit einem Schwanz oder sonst etwas verstopfe.

Ich bin eine Sünderin, nicht im Fleisch, aber im Geist. Ich weiß, wie die Liebe klingt, weil ich sie durch die Wand gehört habe, aber ich weiß nicht, wie sie sich anfühlt. Wie kann sie sein, zwei Körper, schlüpfrig wie Aale im Schlamm und keuchend wie zwei Hunde, die hinter einem Schwein herhetzen?

Ich habe einmal geliebt, falls die Liebe jene Grausamkeit ist, die uns geradewegs zu den Pforten des Paradieses führt, nur um uns daran zu erinnern, daß sie für immer verschlossen sind.

Es gab einmal einen Jungen, der mit einem Mantel voller wohlfeiler Sachen zu uns kam. Perlen und Bänder hingen an der Innenseite, und seine Taschen waren vollgestopft mit Obstmessern und Taschentüchern und Schnallen und bunten Fäden. Er hatte ein Gesicht, das mich froh machte.

Ich stand immer eine Stunde früher auf und kämmte mir die Haare, was ich normalerweise nur zur Weihnachtszeit zu Ehren unseres Erlösers tue. Ich schmückte mich mit meinen besten Kleidern wie ein Bulle für die Kirmes, aber nichts davon konnte ihn dazu bringen, mich zu bemerken, und ich spürte, wie mein Herz auf die Größe einer Erbse zusammenschrumpfte. Wann immer er sich umdrehte, um zu gehen, streckte ich die Hand aus, um ihn einen Moment zurückzuhalten, aber seine Schulterblätter waren zu scharf, als daß ich sie hätte berühren können. Ich zeichnete sein Bild in den Lehmboden neben meinem Bett und gab allen Hühnern meiner Mutter seinen Namen.

Schließlich kam ich zu dem Schluß, daß wahre Liebe rein sein muß, und kochte mir ein Stück Seife...

Ich hasse es, mich zu waschen, denn es setzt die Haut äußeren Angriffen aus. Ich halte mich lieber an die Gewohnheiten unseres König James, der sich zeit seines Lebens nur die Fingerspitzen wusch und doch im Herzen rein genug war, uns die Bibel in gutem Englisch zu schenken.

Ich hasse es, mich zu waschen, aber da ich wußte, daß dies ein Symptom der Liebe ist, war ich nicht weiter überrascht, als ich mich dabei ertappte, wie ich mitten in der Nacht zur Pumpe schlich wie ein Leichenfledderer zu einem Grab. Ich hatte beschlossen, all meine Kleider, meine Unterkleider und mich selbst zu reinigen. Ich tat dies in einem einzigen Durchgang, indem ich den Pumpenschlegel erst mit dem rechten Arm betätigte, um meine linke Hälfte zu waschen, und dann mit dem linken Arm, um meine rechte Hälfte zu waschen. Als ich so naß war, daß sich, wann immer ich einen Teil von mir auswrang, zu meinen Füßen eine Pfütze bildete, wartete ich vor dem Haus der Bäckerin, bis sie ihre Arbeit aufnahm, und setzte mich bis zum Morgen neben ihre Öfen. Hinterher war ich von oben bis unten mit Mehl bestäubt, aber dies trug dazu bei, meine dunkle Haut ein wenig heller aussehen zu lassen.

In diesem neuen Zustand trat ich vor meinen Geliebten, der mir mit all seinen Zähnen huldigte und schwor, daß er mich, wenn er nur meinen Mund erreichen könnte, auf der Stelle küssen würde. Ich riß ihn hoch und sagte: »Dann küß mich jetzt«, und schloß die Augen in Erwartung des Genusses. Ich hielt sie ungefähr fünf Minuten geschlossen, und als ich sie wieder öffnete, um zu sehen, was geschehen war, erkannte ich, daß er geradewegs in Ohnmacht gefallen war. Ich trug ihn zu der Pumpe, die zuletzt meine Hingabe bezeugt hatte, und hielt ihn so lange und ausgiebig unter den Wasserstrahl, bis er, zappelnd wie ein Fuchs in der Falle, zu sich kam und mich anflehte, ihn wieder herunterzulassen.

»Was ist?« rief ich. »Ist es die Liebe zu mir, die dich so ergriffen hat?«

»Nein«, sagte er. »Es ist die Angst.«

Ein paar Monate später sah ich ihn in einem anderen Teil der Stadt, ein hübsches Frauenzimmer am Arm, das Gesicht so strahlend wie eh und je.

Am Morgen sagte das junge Mädchen, das Zillah hieß, es sei seit seiner Geburt in diesem Turm eingesperrt.

»Es ist kein Turm«, sagte ich. »Es ist ein Haus von einiger Größe, aber mehr auch nicht.«

»Nein«, sagte sie. »Du irrst dich. Geh' ans Fenster.«

Ich tat, was sie verlangte und sah die paar Meter auf eine Straße hinunter, auf der gerade ein Markt aufgebaut wurde. Frauen in Lederschürzen häuften Radieschen auf hölzerne Tische, und ein Priester segnete eine Fuhre heiliger Reliquien, während ein gottesfürchtiger Mann, der ein wenig früh dran war, um den Preis einer Rippe feilschte.

Es war ein schöner Vormittag; die Luft roch nach Zitronen.

Während ich hinunterblickte, drehte einer der Händler den Kopf in meine Richtung und sah mich direkt an. Ich winkte und lächelte, aber er ließ sich kein Zeichen des Erkennens anmerken. Das beunruhigte mich nicht weiter; die Leute sind Fremden gegenüber oft zurückhaltend.

»Ist es nicht furchterregend?« fragte Zillah.

Da wußte ich, daß sie ein Spiel mit mir spielen mußte, und ich ging hin und zog sie ans Fenster.

»Komm' und sieh dir diese Radieschen an.«

Sie schwieg. Ich sah, daß ihr Gesicht blaß wurde und ihre Augen unnatürlich hell glänzten. Ich beugte mich vor, um auf irgend etwas zu deuten, was ihr gefallen könnte, aber die Worte blieben mir am Gaumen kleben. Sie sah nach unten. Ich folgte ihrem Blick, tiefer und tiefer hinab. Wir befanden uns hoch oben auf der Spitze eines steil abfallenden Turms. Der steinerne Zylinder ragte ohne jede Unterbrechung aus einer Plattform rauher Felsen auf, die von schaumgekrönten Wellen umtost wurden. Die gewundene Linie der Küste war bar jeden Lebens. Keine Hütte und keine Schafhürde durchbrach das Gewirr ineinander wuchernder Rosmarinsträucher. Es gab nichts außer dem Wind und der schieferblauen See.

Sie wandte sich von mir ab und setzte sich auf das Bett. Mit dem Rücken zum Fenster fragte ich sie, was es sei, was sie hier festhielt.

»Ich selbst«, sagte sie. »Nur ich selbst.«

Erst in diesem Augenblick bemerkte ich, daß das Zimmer keine Tür hatte.

»Hast du etwas zu essen für mich?« fragte ich sie.

Sie lächelte, beugte sich unter das Bett und zog zwei Ratten an den Schwänzen hervor.

Sie lachte und kam auf mich zu, eine Ratte in jeder Hand. Ihre Augen bewölkten sich, ihre Augen verschwanden. Ich konnte ihren Atem riechen. Er roch wie in Musselin eingeschlagener Käse.

Ich dachte nicht an mein Leben; ich machte einen Salto durch das Fenster und landete mitten in einem Radieschenstapel.

Die Frau mit der Lederschürze gab mir eine Ohrfeige, aber ein Mann, der hinter ihr stand, zog sie von mir fort, legte mir die Hände auf die Schultern und drängte mich, ihm zu sagen, wo ich so plötzlich hergekommen sei.

»Aus dem Turm«, sagte ich und deutete nach oben.

Der Markt hielt mitten in seinem Gewimmel inne, und alle fielen auf die Knie und bekreuzigten sich. Der Reliquienhändler hängte sich einen Satz Märtyrerzähne um den Hals und bestreute mich mit dem Staub des Heiligen Antonius.

Die Geschichte war eine schreckliche.

Eine junge Frau, die bei blutschänderischem Treiben mit ihrer Schwester ertappt worden war, wurde dazu verurteilt, ihren eigenen Totenturm zu bauen. Um ihr Leben zu verlängern, baute sie den Turm so hoch sie konnte, wand die Steine in einer endlosen Treppe immer höher und höher hinauf. Als keine Steine mehr übrig waren, versiegelte sie das Zimmer, und das Dorf, das von ihren Todesschreien schier in den Wahnsinn getrieben wurde, zog an einen weit entfernten Ort, wo niemand sie mehr hören konnte. Viele Jahre später hatte ein Fremder den Turm abgerissen und das Haus erbaut, das ich an seiner Stelle sah. Im Laufe der Zeit war das Dorf zurückgekehrt, aber weder der Fremde noch sonst jemand konnte in dem Haus leben. Nachts waren die Schreie zu laut.

Die Dorfbewohner waren gut zu mir, und den Tag über half ich ihnen an ihren Ständen mit exotischen Früchten und getüpfelten Fischen, und am Abend stopften die Männer ihre Pfeifen und saßen auf der Kaimauer und fragten mich, woher ich gekommen war, und wieso.

Ich erzählte ihnen nichts von der absonderlichen Methode meiner Ankunft, erläuterte ihnen aber das Ziel meines Herzens.

»Die Welt ist voll von Tänzerinnen«, sagte einer von ihnen und blies Rauchringe um meinen Kopf.

»Und du hast diese eine nur bei Nacht gesehen«, sagte ein anderer.

»Und dazu noch, als sie eine Mauer hinunterkletterte«, sagte seine Frau, die Krabbenfleisch in einen Topf pulte.

Der Dorfphilosoph wies mich darauf hin, daß es besser ist, der Liebe aus dem Weg zu gehen, als sie verstehen zu wollen, denn es ist leichter, eine Entenmuschel zu finden, als den Windungen des Herzens zu folgen.

Es folgte eine Debatte über die Liebe, die ich euch in Teilen darlegen will.

Auf der einen Seite gab es jene, die den Standpunkt vertraten, daß die Liebe, falls man sie überhaupt erlauben wollte, durch Eheversprechen und Familienbande gezähmt werden müsse, damit ihre feurige Hitze den Ofen wärme, ohne das Haus niederzubrennen.

Auf der anderen Seite waren jene, die glaubten, daß einzig die Leidenschaft in der Lage sei, die Seele aus ihrer Lehmhütte zu befreien, und daß ein Mann oder eine Frau nur dadurch, daß sie ihr Herz verlieren wie ein gehetzter Hase und ihm bis zum Sonnenuntergang folgen, nachts ruhig schlafen können.

Die Schule der Schwerfälligkeit, die die Liebe in Fesseln legen wollte, nahm sich jene Passagen der klassischen Literatur zum Vorbild, in denen geschrieben steht, daß jene, die von der Begierde getrieben werden, der leichtesten aller Dinge, unter Gewichten ächzen, die sie nicht tragen können. Gewichten, die weit schrecklicher sind, als wenn man von Anfang an akzeptieren würde, daß die Leidenschaft ihr Leben in Ketten verbringen muß.

So zum Beispiel die Frau, die sich in einen Lotusbaum verwandelt, als sie vor ihrem hitzigen Liebhaber flieht. Ihre Füße sind in der Erde verwurzelt, weiche Rinde kriecht an ihren Beinen hinauf und umschlingt langsam, aber sicher ihre Lenden. Wenn sie versucht, sich die Haare auszuraufen, sind ihre Hände voller Blätter.

So zum Beispiel Orpheus, der seiner Leidenschaft durch die Tore der Hölle folgt, nur um im letzten Augenblick zu versagen und die leibliche Gegenwart seiner Geliebten zu verlieren.

Und Aktäon, dessen Verlangen nach Artemis ihn in einen Hirsch verwandelt, woraufhin er von seinen eigenen Hunden in Stücke gerissen wird.

Diese Dinge sind, wie sie sind, und mögen auf einem feierlichen Fries dargestellt werden, der die ganze Welt umschließt.

Dann stand ich auf und erinnerte die Versammlung an Penelope, die aus Liebe zu einem Mann den leichten Kompromiß eines vergoldeten Königreichs ablehnte und nachts das gewebte Gewicht der Arbeit des Tages wieder aufzog, damit ihre Hände am nächsten Morgen leer waren.

Und an Sappho, die sich, statt ihre Geliebte an einen Mann zu verlieren, lieber von den windigen Klippen stürzte und ihren Körper in einen Vogel verwandelte.

Es ist allgemein bekannt, daß jene, die in heftigen Verzauberungen gefangen sind, nur durch die Berührung eines Liebenden geweckt werden können. Jene, die tot scheinen, die bereits in die Erde zurückkehren, können von einem, der warm ist, wieder ins Leben zurückgerufen, können wieder belebt werden.

Und dann, da es Nacht war und die Zwillingssterne Castor und Pollux am Himmel zu sehen waren, sprach ich von jener Tragödie, von den beiden Brüdern, deren Liebe wir vielleicht für unnatürlich halten, so überwältigt vom Kummer, als der eine von ihnen getötet wurde, daß der andere, der darum flehte, ihm das Leben wiederzugeben, statt dessen akzeptierte, daß einer von ihnen die eine Hälfte des Jahres leben dürfe, und der andere die andere Hälfte, aber nie beide zusammen. Genauso ist es auch für uns, die wir, während wir in unseren bleiernen Anzügen auf dieser Erde weilen, die Gegenwart des Menschen, den wir lieben, ganz in unserer Nähe spüren, und doch zu fern sind, um ihn berühren zu können.

Die Dorfbewohner schwiegen, dann gingen sie einer nach dem anderen davon, jeder in seine eigenen Gedanken versunken. Eine Frau strich mir die Haare aus der Stirn. Ich blieb, wo ich war, die Schultern gegen die rauhe Kaimauer gelehnt, und fragte mich, was ich die anderen nicht gefragt hatte.

Suchte ich nach einer Tänzerin, deren Namen ich nicht kannte, oder suchte ich nach dem tanzenden Teil meiner selbst?

Nacht.

In der Dunkelheit und im Wasser wiege ich nichts. Ich bin nicht eitel, aber ich würde mich über den Trost eines liebenden Gesichts freuen. Nach meinem einzigen Abstecher in die Liebe beschloß ich, mich nie wieder der Lächerlichkeit preiszugeben. Ich bekam eine Stellung in einem Freudenhaus angeboten, lehnte sie aber wegen der Zerbrechlichkeit meines Herzens ab. Denn ein Tun und Treiben, wie es dort Nacht und Tag vor sich gehen muß, muß das Herz doch schwächen und für die Liebe anfällig machen? Nicht direkt, versteht sich, aber indirekt, denn Lust ohne jede Romantik muß nach einer Weile ermüdend sein. Ich habe eines der Mädchen im Haus in Spitalfields danach gefragt, und sie hat gesagt, daß sie ihre stundenweisen Liebhaber haßt, sich aber trotzdem nach einem sehnt, der in einer Kutsche angefahren kommt und sie mit Pasteten füttert.

Wo kommen sie her, diese substanzlosen Träume?

Was Jordan angeht, so läßt er meinen gesunden Menschenverstand vermissen und wird seinen Träumen zweifellos bis ans Ende der Welt folgen und geradewegs herunterfallen.

Ich kann ihn nicht in der Liebe unterweisen, da ich keine Erfahrung habe, aber ich kann ihn über ihr Fehlen unterrichten und ihn vielleicht davon überzeugen, daß es Schlimmeres gibt als Einsamkeit.

Auf dem Weg nach Wimbledon wurde ich von einem Mann angesprochen, der mich fragte, ob ich ihn gerne sehen möchte.

»Ich sehe Sie sehr gut, Sir«, antwortete ich.

»Nicht ganz«, sagte er, knöpfte sich auf und zeigte mir etwas, was große Ähnlichkeit mit einer Erbsenschote hatte.

»Berühren Sie es, und es wird wachsen«, versicherte er mir. Ich tat es, und tatsächlich wuchs es, bis es mehr einer Gurke ähnelte.

»Wundervoll, wundervoll, wundervoll«, seufzte er, obwohl ich keinen vernünftigen Grund zum Seufzen erkennen konnte.

»Nehmen Sie es in den Mund«, sagte er. »Ja, so wie Sie es mit einem Leckerbissen tun würden.«

Ich erweitere gerne meinen Horizont, wenn sich die Gelegenheit dazu ergibt, und so tat ich, was er vorgeschlagen hatte, nahm das Ding in seiner Gänze in den Mund und biß es knirschend ab. Mein eifriges Gegenüber steigerte sein Seufzen bis zur Besinnungslosigkeit, und ich, die ich sowohl über sein Verzücken erstaunt wie auch von dem ledrigen Ding, das meinen Mund füllte, angewidert war, spuckte aus, was ich nicht verzehrt hatte, und gab es einem meiner Hunde.

Die Hure aus Spitalfields hatte mir zwar erzählt, daß es den Männern gefällt, mit dem Mund verzehrt zu werden, aber es scheint mir dennoch ein recht leichtfertiges Tun zu sein, denn das Glied muß eine Weile brauchen, bis es wieder nachgewachsen ist. Aber schließlich gehören ihre Körper ihnen, und ich, die ich nichts von ihnen weiß, muß ihre Instruktion demütig entgegennehmen, und wenn ein Mann mich bitten sollte, dasselbe noch einmal zu tun, bin ich sicher, daß ich es tun würde, obwohl ich selbst nicht das geringste dabei empfunden habe.

Bei der Kopulation, einem Akt, an dem die Frau einen angenehmeren Anteil hat, löst sich das Glied im großen Tunnel und kriecht in den Leib hinein, wo es nach einer Weile aufplatzt wie eine Bohnenschote und ein kleines Männchen zurückläßt, das in der fruchtbaren Erde wächst. Wenigstens habe ich es mir so von Frauen erzählen lassen, die schwanger geworden sind und die Körperteile ihrer Männer ebensogut kennen müssen wie ich meine Hunde.

Wenn Jordan älter ist, werde ich ihm alles sagen, was ich über den menschlichen Körper weiß, und ihn bitten, gut auf sein Glied aufzupassen. Und doch ist es nicht dieser Teil von ihm, um den ich fürchte; es ist sein Herz. Sein Herz.

Hier in Wimbledon haben wir einen französischen Gärtner namens André Mollet, der eigens gekommen ist, um Tradescant die französische Methode der Wasserbrunnen und Blumenrabatten zu zeigen.

Wie die meisten Franzosen interessiert er sich mehr für sein Glied als für seinen Spaten und hat schon jeder Frau auf dem Anwesen, außer mir, Avancen gemacht. Zu Ehren seiner Unermüdlichkeit werden wir einen Springbrunnen bekommen, der drei Meter hoch aufschießt und auf dem oben eine silberne Kugel tanzt. Der herabstürzende Gießbach wird sich mit einer Wasserwand mischen, die so dicht wie eine Hecke ist und die Fischteiche von den Bauern trennt.

Die Fischteiche sind Kreise und Vierecke, die mit seltenen Wassern gefüllt sind, manche salzig, manche still, und sagenhafte Fische enthalten, wie man sie sich vorstellt, aber noch nie gesehen hat.

Im größten Teich gibt es einen Schwarm fliegender Fische, die ihre glitzernden Körper in einer einzigen Bewegung von der einen zur anderen Seite schleudern. Träumen sie von Baumwipfeln, die vom Wind zerzaust werden?

In einem anderen, einem seltsamen Teich, der von ganz allein einen strahlenden Glanz aussendet, von einer heiligen Quelle im Osten, gibt es eine Gruppe getüpfelter Kröten, die für ihren Gesang berühmt sind. Diese Kröten quaken nicht, sie ergehen sich in Madrigalen und Chorälen, die lieblicher klingen als jeder Chor in der Kirche. Selbst der Palast des Sonnenkönigs in Frankreich hat nichts, was so selten und wundervoll wäre, obwohl ich mir habe sagen lassen, daß er ein tanzendes Wiesel besitzt, das er als Gegenleistung für hundert Pfirsichbäume erhielt. Ich selbst habe den fließenden Bach am liebsten, der von einem mit Kirschbäumen bestandenen Hang wegführt und sich in der Grotte mit der Statue des Einsiedlers in ein Bassin ergießt. Der Bach ist seicht, sein Grund übersät von winzigen Kieseln, seine Ufer bewachsen mit Brunnenkresse. Unter den Kieseln leben Süßwasserkrebse, die sich von Kreaturen nähren, die noch kleiner sind als sie selbst. In der Nähe der Quelle gibt es einen Felsen, und abends verstecke ich mich oft hinter diesem Felsen und singe Lieder von der Liebe und vom Tod und warte darauf, daß die Sonne untergeht. Wenn der orangefarbene Streifen quer über den Horizont verläuft, kommt der Eisvogel mit schlagenden blauen Flügeln und taucht mit einer einzigen glatten Bewegung ins Wasser. Steigt zum Himmel auf wie ein Heiliger, senkrecht und glorreich, den Schnabel voller Krebse.

Auf dem Meer und weit weg von zu Hause, auf einem knarrenden Schiff, während Tradescant neben mir schläft, träume ich manchmal von einer Stadt, deren Bewohner so findig sind, daß sie, um der Beharrlichkeit ihrer Gläubiger zu entgehen, ihre Häuser im Laufe einer einzigen Nacht abreißen und an einer anderen Stelle wieder aufbauen. Auf diese Weise bleibt die Zahl der Gebäude in der Stadt immer konstant, aber sie stehen von einem Tag auf den anderen nie am selben Fleck.

Für enge Verwandte, und die meisten Leute in der Stadt sind eng miteinander verwandt, ist das kein Problem, und oft ist es sogar so, daß die Flüchtlinge an dem von ihnen gewählten neuen Standort bereits von ihren Verfolgern erwartet werden.

Als Ausweg ist die Methode also nicht sehr zu empfehlen, als Spiel jedoch ist sie ein überaus befriedigender Zeitvertreib und eine Erklärung für die außergewöhnliche Langlebigkeit der Männer und Frauen, die hier ansässig sind. Einst waren wir alle Nomaden und durchquerten die Wüsten und Meere auf Pfaden, die nicht sichtbar, für jene, die den Weg kannten, aber dennoch erkennbar waren. Seit wir uns fest niedergelassen und wie die Bäume Wurzeln geschlagen haben, allerdings ohne die Fähigkeit, uns den Wind zunutze zu machen, um unseren Samen auszustreuen, haben wir nur Krankheit und Unzufriedenheit gefunden.

Es ist den Bewohnern der Stadt gelungen, zwei widersprüchliche Sehnsüchte zu versöhnen, nämlich die, an einem Ort zu bleiben und ihn für immer hinter sich zu lassen.

Als ich das erste Mal in die Stadt kam, freundete ich mich mit einer Familie an und versprach nach dem Essen, am nächsten Tag wiederzukommen. Sie drängten mich, dies unter allen Umständen zu tun, aber als ich zurückkam, stellte ich mit Bestürzung fest, daß das kleine Haus einem Antiquitätenmuseum Platz gemacht hatte. Der Kurator war mitfühlend und wies mir den richtigen Weg. Anschließend kam es mir in den Sinn, zum Museum zurückzugehen und mir das Skelett eines ausgestorbenen Wals anzusehen. Ich hielt es für wenig wahrscheinlich, daß ein öffentliches Gebäude dasselbe Bedürfnis nach Flucht empfinden würde wie ein gewöhnliches Individuum.

Ich irrte mich. Das Museum war an seinen ursprünglichen Standort in der Nähe der Docks zurückgekehrt, und an seiner Stelle, mit reichlich Platz drumherum, erhob sich eine Windmühle. Während ich beobachtete, wie die Flügel die Luft durchpflügten und darüber nachdachte, was für ein seltsames Element die Luft doch ist, daß sie uns wie nichts vorkommt und dennoch einen derartigen Widerstand leisten kann, kam der Müller an sein rundes Fenster und schrie etwas, was ich nicht verstand. Ich ergriff einen der Flügel, als er an mir vorbeikam, und schwang mich zu ihm hinauf.

Er fragte mich, ob ich die Geschichte der zwölf tanzenden Prinzessinnen kenne. Ich sagte, ich hätte davon gehört, und er sagte, sie lebten immer noch ein kleines Stück die Straße hinunter, obwohl sie inzwischen natürlich ein gutes Stück älter seien. Wieso ginge ich nicht hin und stattete ihnen einen Besuch ab?

In der Überlegung, daß es sehr gut möglich war, daß eine Tänzerin eine andere kannte und ein Dutzend von ihnen sicherlich eine einzige kennen würde, besorgte ich als kleine Aufmerksamkeit ein paar Heringe und klopfte an ihre Tür.

DIE GESCHICHTE DER ZWÖLF TANZENDEN PRINZESSINNEN

ICH KLOPFTE AN DIE TÜR, und eine Stimme hinter mir fragte mich nach meinem Namen.

»Ich heiße Jordan«, sagte ich, ohne zu wissen, zu wem.

»Hier unten.«

Gleich neben der Tür befand sich ein Brunnen mit einem ausgefransten Seil und einem rostigen Eimer.

»Willst du zu mir?«

Ich erklärte dem Kopf, der sich jetzt über den Rand des Brunnens schob, daß ich gekommen war, um den zwölf tanzenden Prinzessinnen meine Aufwartung zu machen.

»Dann kannst du gleich hier anfangen«, sagte der Kopf. »Ich bin die älteste.«

Ein wenig zaghaft, denn ich fühle mich in engen Räumen immer unbehaglich, schwang ich mich über den Rand des Brunnens und kletterte eine hölzerne Leiter hinunter. Unten fand ich mich in einem runden, angenehm eingerichteten Zimmer wieder, in dem eine silberne Kanne mit frischem Kaffee gerade zu brodeln anfing.

»Ich habe ein paar Heringe mitgebracht«, sagte ich ein wenig verlegen.

Kaum hatte ich das Wort »Hering« ausgesprochen, als ich einen Ausruf großen Entzückens hörte, und eine Hand griff über meine Schulter und entriß mir das ganze Paket.

»Du mußt sie entschuldigen«, sagte die Prinzessin. »Sie ist eine Meerjungfrau.«

Und schon machte sich die Meerjungfrau, die sehr schön, aber ohne vornehme Umgangsformen war, über die Fische her und verschlang sie, indem sie sie einfach in ihren Hals gleiten ließ, so wie wir es mit einer Auster machen würden.

»Es ist die Strafe für die Liebe«, seufzte die Prinzessin und fing auf der Stelle an, mir die Geschichte ihres Lebens zu erzählen.

Wir schliefen alle im selben Zimmer, meine Schwestern und ich, und dieses Zimmer war schmaler als ein junger Bach und länger als der Bart des Propheten.

Du kannst dir also genau vorstellen, wie wir untergebracht waren.

Wir schliefen in weißen Betten mit weißen Laken, und der Mond schien durch das Fenster und warf weiße Schatten auf den Fußboden.

Aus diesem Zimmer flogen wir jede Nacht zu einer silbernen Stadt, in der niemand aß oder trank. Die Beschäftigung ihrer Bewohner war das Tanzen. Wir zerschlissen beim Tanzen unsere Kleider und unsere Schuhe, aber da wir immer tief und fest schliefen, wenn unser Vater morgens kam, um uns zu wecken, war es unmöglich zu ergründen, wo wir gewesen waren, oder wie.

Du weißt, daß wir irgendwann später von einem listigen Prinzen dabei beobachtet wurden, wie wir durch das Fenster flogen. Wir hatten ihm einen Schlaftrunk gegeben, aber er hatte nur so getan, als würde er ihn trinken. Er hatte elf Brüder, und wir wurden allesamt verheiratet, je eine von uns mit je einem der Brüder, und lebten, wie es so schön heißt, glücklich und zufrieden bis an unser seliges Ende. Das tun wir auch, aber nicht mit unseren Ehemännern.

Ich bin schon immer gern geschwommen, und in den tiefen Wassern stieß ich eines Tages auf eine Korallenhöhle und erblickte eine Meerjungfrau, die sich die Haare kämmte. Ich verliebte mich auf der Stelle in sie, und nach ein paar Monaten heimlicher Zusammenkünfte, in denen sich mein Mann ständig darüber beklagte, daß ich nach Fisch roch, lief ich auf und davon und lebte fortan mit ihr in vollkommener salziger Glückseligkeit.

Mehrere Jahre lang hörte ich nichts von meinen Schwestern, dann entdeckte ich durch einen seltsamen Zufall, daß wir uns alle auf die eine oder andere Weise von den edlen Prinzen getrennt hatten und in alle Welt verstreut nach unserem eigenen Geschmack lebten.

Wir kauften dieses Haus und bewohnen es nun gemeinsam. Du wirst meine Schwestern finden, wenn du ein wenig umherwanderst. Wie du siehst, lebe ich selbst im Brunnen.

»Das da an der Wand ist mein letzter Ehemann«, sagte die zweite Prinzessin. »Der, der so aussieht, als wäre er noch am Leben.«

Sie führte mich durch ihr Glashaus und zeigte mir ihre Kuriositäten: den totgeborenen Fötus der berüchtigten Päpstin Johanna, die sich so erfolgreich als Mann Gottes ausgegeben hatte, bis sie während einer Osterprozession niederkam. Außerdem besaß sie die steinernen Tafeln, auf denen Moses die Zehn Gebote empfangen hatte. Die Schrift selbst war zwar verblaßt, aber es war ein leichtes, die eingedrückten Linien des Fingers Gottes zu erkennen.

»Ich sammle Devotionalien.«

Sie hatte sich nicht mehr als andere Frauen auch an ihrem Mann gestört, bis er versuchte, ihrem Hobby Einhalt zu gebieten.

»Er zündete draußen ein Feuer an und verbrannte die Leiche eines Heiligen. Der Heilige war sehr alt und in Tücher gewikkelt. Ich liebte es, ihn im Haus zu haben; er verlieh ihm etwas Besonderes.«

Anschließend hatte sie ihren eigenen Mann in Tücher gewikkelt und nicht aufgehört, die muffigen Bandagen um ihn zu wikkeln, bis sie zu seiner Nase kam. Nach einem Augenblick des Bedauerns wickelte sie weiter.

»Er wandelte in Schönheit«, sagte sie.

»Seine Augen waren braune Sümpfe, seine Wimpern waren wie Weidenbäume. Seine zusammengezogenen Augenbrauen bildeten einen Damm zwischen seiner Stirn und seinem Gesicht. Seine Wangen waren steil und glatt; sein Mund war ein Vulkan. Sein Atem war wie der eines Drachen, und sein Herz war aus einem Stier herausgerissen. Die Sehnen seines Halses waren weiße Säulen, die zu den Fundamenten seines Schlüsselbeins führten. Selbst heute noch kann ich die Mulde seines Halses nachzeichnen. Seine Brust war ein Tresor, seine Rippen waren aus Messing, sie schimmerten durch seine Haut hindurch, wenn die Sonne schien. Seine Schulterblätter waren Gebirgsketten, seine Wirbelsäule eine kopfsteingepflasterte Straße. Sein Leib war mit Juwelen gefüllt, und sein Glied erwachte mit der Morgendämmerung. Weizenfelder erinnern mich noch heute an seine Haare, und wenn ich eine Hand sehe, deren Finger länger sind als die Handfläche, denke ich, daß er es ist, der zurückgekommen ist, um mich noch einmal zu berühren.

Aber er hat mich nie berührt. Er liebte einen Jungen. Ich durchbohrte sie dort, wo sie lagen, mit einem einzigen Pfeil.

Ich finde immer noch, daß es sehr poetisch war.«

Mein Mann heiratete mich, um seine Affären mit anderen Frauen dadurch, daß sie von nun an verboten waren, aufregender zu machen. Gefahr war ein Aphrodisiakum für ihn: er wollte nichts, was leicht oder sanft war. Es lag in seiner Natur, Wirbelstürme zu verursachen. Ich wurde von wohlmeinenden oder mißgünstigen Menschen gewarnt – werden wir das nicht immer? –, aber ich beschloß, nicht auf das Gerede zu hören. Mein Mann war schön und klug. Was machte es schon, wenn er eine gewisse Art von Ventil brauchte, solange er mich liebte? Ich wollte ihn lieben; ich war entschlossen, mit ihm glücklich zu sein. Ich war vorher nicht glücklich gewesen.

Zu Anfang störte ich mich nicht weiter daran, daß er manchmal wochenlang nicht nach Hause kam. Ich erkannte nicht, daß es zu seinem Spiel gehörte, mich zornig zu machen. Erst wenn er mich verletzt hatte, konnte er die anderen Betten, die er aufsuchte, voll und ganz genießen.

Bald schon fand ich heraus, daß es sich bei den Frauen, die er bevorzugte, um die Insassinnen einer Irrenanstalt handelte. Mit ihnen feierte er in verlassenen Scheunen Scheinhochzeiten. Sie trugen Leichentücher als Hochzeitskleider und Karottengebinde als Hochzeitssträuße. Sofort danach nahm er sie auf dem Schweinetrog, der ihnen als Altar diente. Die meisten von ihnen waren Jungfrauen. Er liebte es, nach ihrem Blut riechend zu mir nach Hause zu kommen.

Haßt der Körper sich selbst so sehr, daß er um jeden Preis Erleichterung sucht?

Ich tötete ihn nicht, ich verließ ihn. Ich ließ ihn allein über die Zinnen seines ruinierten Königreiches wandern; den Körper von Krankheiten zerfressen. Im selben Winter fand man ihn tot im Schnee.

Warum konnte er sein Leben nicht mir zuwenden, so wie die Bäume, auch wenn sie vom Wind geschüttelt werden, trotzdem dem Pfad der Sonne folgen?

Ich nehme an, daß du von Rapunzel gehört hast.

Entgegen den Wünschen ihrer Familie, die sich am besten anhand ihrer Leidenschaft für das Sammeln von Miniaturpuppen beschreiben läßt, ging sie hin, um mit einer älteren Frau in einem Turm zu leben.

Ihre Familie war über ihre Weigerung, den Prinzen von nebenan zu heiraten, so erzürnt, daß sie das Paar ständig verunglimpfte und die eine der Frauen als alte Hexe und die andere als kleines Mädchen bezeichnete. Mit Beschimpfungen nicht zufrieden, versuchten sie außerdem unablässig, in den Turm einzudringen, so oft, daß das glückliche Paar jeden Zugang, der nicht auf einer Ebene mit dem Himmel lag, versiegeln mußte. Die Geliebte gelangte in den Turm, indem sie an Rapunzels Haaren hinaufkletterte, und Rapunzel gelangte hinein, indem sie eine Perücke an den Boden nagelte und sich an den Flechten hinaufhangelte, die ihre Geliebte aus dem Fenster warf. Beide hätten eine Leiter benutzen können, aber sie waren verliebt.

Eines Tages verkleidete sich der Prinz, der sich schon immer gern die Kleider seiner Mutter ausgeliehen hatte, als Rapunzels Geliebte und kletterte den Turm hinauf. Sobald er im Inneren war, fesselte er sie und wartete darauf, daß die böse Hexe zurückkam. Kaum daß sie sich mit dem Essen für den heutigen Abend durch das Fenster geschwungen hatte, versetzte der Prinz ihr einen Schlag auf den Kopf und warf sie wieder hinaus. Dann trug er Rapunzel an dem Seil herunter, das er mitgebracht hatte, und zwang sie zuzusehen, wie er ihre zerschmetterte Geliebte in einem Dornendickicht blendete.

Danach lebten sie natürlich glücklich und zufrieden bis an ihr seliges Ende.

Was mich angeht, so heilte mein Körper, mein Augenlicht jedoch habe ich auf immer verloren, und schließlich wurde ich von meinen Schwestern gefunden, die auf ihre unterschiedliche Weise hierher gekommen waren, um in diesem Haus zu leben.

Mein eigener Ehemann?

Ach ja, als ich ihn das erste Mal küßte, verwandelte er sich in einen Frosch.

Das ist er übrigens, neben deinem Fuß. Sein Name ist Anton.

Am Neujahrstag, als ich über die tiefen, lichtgleißenden Wege wanderte, sah ich meinen Ehemann in seinem roten Jagdrock. Er hielt das Jagdhorn an die Lippen und stand hoch in den Steigbügeln aufgerichtet. Die Jagd stob davon; bald waren sie nur noch so groß wie Stechginsterbeeren, die sich im Laub verstecken.

Ich ging weiter, verließ den Pfad, zwängte mich durch Büsche und Dornengestrüpp, schreckte Rebhühner auf und schlängelte mich zwischen den geduldigen Kühen hindurch, deren Hufe im Schlamm von Wassertropfen umwunden waren wie von glitzernden Ketten. Meine Stiefel waren schlammverkrustet. Mit jedem Schritt wurde das Gehen beschwerlicher. Bald hob ich meine Füße so, wie man eine Leiter ersteigen würde. Ich war zornig und verschwitzt. Ich wollte nach Hause, kam aber nicht schneller voran. Ich mußte nach Hause, um den Punsch in die große Halle zu tragen und ihn mit hellen blauen Flammen zu entzünden.

Als ich unter großen Mühen die Kuppe eines Hügels erreicht hatte, blickte ich über das breiter werdende Tal hinweg und sah, daß der Schnee die Felder immer noch mit seinem Flickenmuster überzog wie Laken, die man zum Trocknen ausgebreitet hat. Ich liebe die Dornenhecken und die Bäume, die über Nacht kahl werden, so als hätte ein Kind eigensinnig alle Blätter eingesammelt und sich geweigert, auch nur ein einziges für einen Rivalen übrigzulassen.

Ich sah mein eigenes Haus, seine rauchenden Schornsteine, seine gelben Fenster.

Ein anderes Jahr.

Dann kamen vor meinen Augen ein Hirsch und fünf Hirschkühe aus dem Wald und über die Felder. Die Felder waren eingezäunt, und der Hirsch sprang über den Zaun, den Kopf nach hinten gewandt, um die anderen aufzufordern, ihm zu folgen. Er schwebte nur einen kurzen Augenblick in der Luft, aber in dieser Sekunde des Fluges erinnerte ich mich an meine Vergangenheit, in der auch ich die Freiheit besessen hatte zu fliegen, vor langer Zeit, vor dieser anmutigen Landung und einem Haus voller Dinge.

Er verschwand in der Dunkelheit, und ich wandte dem Haus den Rücken zu. Das letzte, was ich hörte, waren die Geräusche der Jagd, die klappernd in den Hof ritt.

Ich wollte immer nur sie. Ich wollte meine Finger von der Kerbe in ihrem Kinn über den Hang ihrer Brüste wandern lassen, und über die glatte Ebene ihres Bauchs zu der Stelle, von der ich wußte, daß sie dort feucht sein würde. Ich wollte sie umdrehen und die Flächen meiner Hände über die Wölbung ihres Rückens gleiten lassen. Ich wollte die geheime Passage ihres Hinterteils ergründen.

Wenn sie sich hinlegte, massierte ich ihre Füße mit Minzöl und schnitt ihre Zehennägel mit einer silbernen Schere. Ich drehte ihre Haare zu lebenden Schlangen und polierte ihre Zähne mit meinem Speichel.

Ich durchstach ihre Ohren und füllte sie mit Diamanten. Ich träufelte Belladonna in ihre Augen.

Wenn sie krank war, trocknete ich ihr Fieber mit meinen eigenen Handtüchern, und wenn sie weinte, sammelte ich ihre Tränen in einer Ming-Vase.

Es gab keine Trennung zwischen uns. Am Morgen standen wir auf, und in der Nacht schliefen wir, wie Zwillinge es tun. Wir hatten vier Arme und vier Beine, und wenn wir an den Nachmittagen im kühlen Obstgarten saßen und lasen, taten wir das Rücken an Rücken.

Ich liebte es, die Schlange ihrer Wirbelsäule zu fühlen.

Wir küßten uns oft, unsere Münder füllten sich mit Zungen und Zähnen und Spucke und Blut, wenn ich sie in die Unterlippe biß, und mit den Händen zog ich sie fest an meine Hüftknochen.

Wir liebten uns oft, vor allem an den Nachmittagen, die Jalousien halb geschlossen, die Steinfliesen des Fußbodens kalt unter unseren Körpern.

Achtzehn Jahre lang lebten wir allein in einem zugigen Schloß und sahen keinen Menschen außer uns. Dann fand uns jemand, und dann war es zu spät.

Der Mann, den ich geheiratet hatte, war eine Frau. Sie kamen, um sie zu verbrennen. Ich tötete meine Geliebte mit einem einzigen Schlag auf den Kopf, bevor sie die Tore erreichten, und floh jenen Ort und bin jetzt hier.

Ich habe immer noch eine Locke von ihrem Haar.

Wir waren schon seit mehreren Jahren verheiratet, als ein Bürstenverkäufer an unsere Tür kam. Mein Mann war zur Arbeit gegangen, und ich führte den Mann in unsere Küche und gab ihm etwas zu essen. Ich bat ihn, mir seine Tasche zu zeigen, und wie nicht anders zu erwarten, breitete er eine Lage Poliertücher aus, einen Stapel runder Seife, Kämme für die Haare, Kämme für den Bart eines Ziegenbocks, gewöhnliche Haushaltsgegenstände. Ich kaufte ein oder zwei nützliche Dinge, dann fragte ich ihn, was er in seiner anderen Tasche hatte, in der, die er nicht geöffnet hatte.

»Was möchten Sie denn?« fragte er.

»Gift...«

»Sicher, für die Ratten.«

»Nein, für meinen Mann.«

Er schien über mein Mordvorhaben nicht sonderlich erstaunt und öffnete die andere Tasche. Ich sah hinein. Sie enthielt lauter kleine Glasfläschchen und versiegelte Tütchen.

»Ist Ihr Mann dick?«

»Sehr. Er ist sehr, sehr fett. Er ist der fetteste Mann im ganzen Dorf. Er war schon immer fett. Er hat elf Brüder, alle so schlank wie Getreidehalme im Frühling. Jeden Tag verschlingt er eine Kuh, gefolgt von einem Schwein.«

»Sie haben recht, ihn zu töten«, sagte der Mann. »Tun Sie dies vor dem Zubettgehen in seine Milch.«

Als es Zeit war, zu Bett zu gehen, rührte ich den Bottich mit der Milch für meinen Mann und tat wie angewiesen das Pulver hinein. Mein Mann kam an den Herd gestampft und trank die

Milch in einem Zug. Kaum daß er ausgetrunken hatte, begann er anzuschwellen. Er schwoll aus dem Haus heraus, zertrümmerte das Dach und war innerhalb weniger Augenblicke explodiert. Aus seinem Bauch kamen eine Herde Kühe und eine Herde Schweine herausspaziert, die über und über mit Milch besudelt waren und ins Licht blinzelten.

Er hatte sich immer über seine Verdauung beklagt.

Ich trieb die Tiere zusammen und machte mich auf, meine Schwestern zu suchen. Ich ziehe die Viehzucht dem Kochen vor.

Er nannte mich Jess, weil das in unserer Sprache der Name der Haube ist, die den Falken zurückhält.

Ich war sein Falke. Ich hing an seinem Arm und nährte mich aus seiner Hand.

Er sagte, meine Nase sei scharf und grausam, und in meinen Augen glänze der Wahnsinn. Er sagte, ich würde ihn in Stücke reißen, wenn er mich sanft behandelte.

Wenn er nachts weg war, kettete er mich an unser Bett. Es war eine lange Kette, lang genug, daß ich den Nachttopf benutzen oder am Fenster stehen und auf die späten Eulen warten konnte. Ich liebe es, den Schrei der Eulen zu hören. Ich liebe es, das plötzliche Gleiten der Schwingen zu sehen, die für die Beute ausgebreitet sind, und dann den Sturzflug, und das Geräusch, wie von einem Liebhaber im Schmerz.

Er benutzte die Kette, wenn wir zusammen ausritten. Mein Pferd war ebenso schnell und kraftvoll wie seines, und er versetzte ihm von hinten einen Schlag mit der Peitsche, so daß es im wilden Galopp durch die Bäume preschte, und er folgte mit einem halben Kopf Abstand, zerrte an der Kette und fragte mich, ob der Ausritt mir Freude mache.

Er hatte die Gewohnheit, mich rittlings auf seinen Schoß zu setzen, wenn wir uns liebten, und mich am Kreuz festzuhalten. Er sagte, er müsse mich über sich haben, damit ich ihm im schwindenden Kerzenlicht nicht die Augen aushacken könne.

Ich war nichts von all diesen Dingen, aber ich wurde dazu.

Eines Nachts, im Juni, glaube ich, flog ich von seinem

Handgelenk und riß ihm die Leber aus dem Leib und zerbiß meine Kette und ließ ihn mit offenen Augen auf dem Bett liegen.

Er sah überrascht aus, ich weiß nicht, wieso. Man ist immer so, wie man von dem, der einen liebt, beschrieben wird.

Als mein Mann eine Affaire mit einer anderen hatte, sah ich, wie seine Augen einen verschwommenen Ausdruck annahmen, wenn wir gemeinsam bei Tisch saßen, und ich hörte ihn ohne mich vor sich hinsingen, und wenn er im Garten arbeitete, tat er das nicht für mich.

Er war zuvorkommend und höflich; er war gerne zu Hause, aber in seinem Ideal von einem Zuhause war nicht ich es, die ihm gegenüber saß und über seine Witze lachte. Er wollte nichts ändern; er liebte das Leben, das er hatte. Das einzige, was er ändern wollte, war ich.

Es wäre besser gewesen, wenn er mich gehaßt hätte, oder wenn er mich beschimpft hätte, oder wenn er seine neuen Koffer gepackt und mich verlassen hätte.

So jedoch legte er auch weiterhin den Arm um mich und sprach davon, eine neue Mauer zu bauen, um den wackligen Zaun zu ersetzen, der unseren Garten von seinem Gemüsebeet trennte. Ich wußte, daß er unser Haus nie verlassen würde. Er hatte dafür gearbeitet.

Ich fühlte, wie ich von Tag zu Tag weniger wurde. Ich war für meinen Mann keine Realität mehr, ich gehörte zu den Dingen, die ihn umgaben. Ich war der Zaun, der ersetzt werden mußte. Ich betrachtete mich im Spiegel und sah, daß ich nicht mehr lebendig und aufregend war. Ich war abgenutzt und grau wie ein alter Pullover, den man nicht wegwerfen kann, den man aber auch nicht mehr anzieht.

Er gab zu, daß er in sie verliebt war, sagte aber, er liebe mich.

Übersetzt heißt das, ich will alles. Übersetzt heißt das, ich will dir noch nicht wehtun. Übersetzt heißt das, ich weiß nicht, was ich tun soll, gib mir Zeit.

Warum, warum sollte ich dir Zeit geben? Welche Zeit gibst du mir? Ich sitze in einer Zelle und warte auf meine Hinrichtung.

Ich liebte ihn, und ich war in ihn verliebt. Ich benutzte die Sprache nicht dazu, aus meinem Herzen eine Mördergrube zu machen.

»Du bist einfach und gut«, sagte er und strich mir die Haare aus dem Gesicht.

Er meinte: Deine Gefühle sind nicht so komplex wie meine. Mein Dilemma ist poetisch.

Aber es gab kein Dilemma. Er wollte mich nicht mehr, aber er wollte unser Leben.

Irgendwann, als er ein paar Tage mit ihr weggewesen und nervös und versöhnlich zurückgekommen war, beschloß ich, nicht länger in meiner Zelle zu warten. Ich ging in das Zimmer, in dem er schlief, und bat ihn zu gehen. Sehr geduldig bat er mich, daran zu denken, daß das Haus sein Zuhause war, daß ich nicht von ihm erwarten konnte, daß er sich selbst seiner Heimat beraubte, bloß weil er verliebt war.

»Medea hat es getan«, sagte ich. »Und Romeo und Julia, und Cressida, und Ruth aus der Bibel.«

Er sagte, ich solle still sein. Er sei kein Held.

»Und wieso soll ich dann eine Heldin sein?«

Er antwortete nicht, er zupfte an der Decke.

Ich überdachte meine Möglichkeiten.

Ich konnte bleiben und unglücklich und gedemütigt sein.

Ich konnte gehen und unglücklich und würdevoll sein.

Ich konnte ihn anflehen, mich wieder zu berühren.

Ich konnte mit der Hoffnung leben und an Bitterkeit sterben.

Ich packte ein paar Sachen und ging. Es war nicht leicht, es war auch mein Zuhause.

Wie ich höre, hat er den Zaun hinter dem Haus ersetzt.

Kaum daß wir verheiratet waren, nahm mein Mann mich mit auf seinen angestammten Familiensitz, weit weg von allen, die ich kannte. Er versprach mir eine Gesellschafterin und eine Bibliothek, bat mich jedoch, ihn tagsüber niemals zu stören. Ich sah ihn abends für ein paar Stunden, beim Essen, obwohl er nie viel aß. Außerdem schien ihm nicht viel daran zu liegen, mein Bett mit seinem Körper zu zieren.

Ich fragte ihn, womit er sich den Tag über beschäftige, und er sagte, er übe seinen Geist an den Problemen der Schöpfung. Ich erkannte, daß dies eine Weile dauern könne, und fand mich damit ab, die Regeln des normalen Lebens zu vergessen.

Eines Abends, als wir eine Taube aßen, die ich geschossen hatte, stand mein Mann auf und sagte: »Es gibt einen schwarzen Turm, in dem wilde Tiere leben. Der Turm hat keine Fenster und keine Türen. Niemand kann ihn betreten oder verlassen. Oben auf der Spitze steht ein Käfig, dessen Gitter aus Knochen gemacht sind. In diesem Käfig zwitschert ein gefangener Geist die Sonne an. Der Turm ist mein Körper, der Käfig ist mein Schädel, der Geist, der sich selbst zum Trost singt, bin ich. Aber ich bin nicht getröstet, ich bin allein. Töte mich.«

Ich tat, worum er mich gebeten hatte. Ich zerschmetterte seinen Schädel mit einem silbernen Kerzenleuchter und hörte ein zischendes Geräusch, wie feuchtes Holz im Feuer. Ich öffnete die Türen und zerrte seinen Körper hinaus an die Luft, und in der Luft flog er davon.

Manchmal sehe ich ihn immer noch, aber nur aus der Ferne.

Als ihre Geschichten zu Ende waren, luden die zwölf tanzenden Prinzessinnen mich ein, die Nacht als ihr Gast zu verbringen.

»Es fehlt jemand«, sagte ich. »Ihr seid nur elf, und ich habe nur elf Geschichten gehört. Wo ist eure Schwester?«

Sie sahen sich an, dann sagte die Älteste: »Unsere jüngste Schwester ist nicht hier. Sie ist nicht gekommen, um bei uns zu leben. An ihrem Hochzeitstag mit dem Prinzen, der unser Geheimnis entdeckt hatte, floh sie vom Altar wie ein Vogel aus der Falle und balancierte über ein Drahtseil von der Spitze des Kirchturms zum Mast eines Schiffs, das in der Bucht vor Anker lag.

Sie war die beste Tänzerin von uns allen, sie konnte ihren Körper in Formen verwandeln, denen wir nicht folgen konnten. Sie tat es zu ihrem Vergnügen, aber es war mehr als das; sie tat es, weil jedes andere Leben eine Lüge gewesen wäre. Sie glühte nicht im geheimen vor einer Leidenschaft, die sie nicht ausdrücken konnte: sie leuchtete.

Wir haben sie seit Jahren nicht gesehen, seit dem Tag, an dem wir alle rot gekleidet waren und unsere schwarzen Haare offen über unseren Rücken fielen. Sie muß inzwischen alt sein, sie muß steif sein. Ihr Körper kann nur noch eine Erinnerung sein. Der Körper, den sie jetzt hat, kann nicht der Körper sein, den sie einst hatte.«

»Wißt ihr noch«, sagte eine andere Schwester, »wie leicht sie war? Sie war so leicht, daß sie an einem Seil herabklettern, es zerschneiden und mitten in der Luft wieder verknoten konnte, ohne in den Tod zu stürzen. Der Wind trug sie.«

»Wie war ihr Name?«

»Fortunata.«

1649

ANFÄNGLICH BEKAMEN WIR den Bürgerkrieg kaum zu spüren. Die Meinungen schlugen hoch, und es gab Leute wie Prediger Scroggs und Nachbar Firebrace, die jede Gelegenheit genutzt hätten, sich als etwas Besseres zu fühlen als die gewöhnlichen Leute, aber ansonsten war das Ganze eine wenig aufregende Geschichte, ein paar kleinere Geplänkel hier und da, und ab und zu fiel das Gesindel der Rundköpfe über einen Adelssitz her und beanspruchte ihn im Namen des Herrn für sich. Niemand glaubte ernsthaft daran, daß der König nicht so gewinnen würde, wie er immer gewonnen hatte, wie alle Könige immer gewonnen haben, egal gegen wen sie kämpfen.

Ich selbst habe durchaus nichts gegen einen kleinen Kampf einzuwenden, und es machte mir Spaß, Nachbar Firebrace in Rage zu bringen. Tatsächlich hatte ich sein schiefes Gesicht, als ich in Wimbledon war, sehr vermißt. Was für einen Spaß kann es schon geben, wenn alle in schönster Eintracht sind?

In Wimbledon waren wir alle überzeugt davon, daß Königin Henrietta jeden Augenblick mit Verbündeten aus Frankreich oder Italien oder Spanien zurückkehren und die triefnasigen Puritaner mit ihren gestärkten Gewändern verjagen würde. Aber sie fand keine Verbündeten. Jede Menge Leute, die ihr Glück wünschten, aber keine Verbündeten. Und die Marine war gegen den König und kontrollierte die Häfen und hielt auf dem Meer Ausschau nach jedem Zeichen für Hilfe.

Als die Männer des Königs ins Haus kamen und uns erzählten, daß »König Noll«, wie sie Cromwell abfällig nannten, das schöne Glas in unseren Kirchen zerschlug und jeden Ort der

Zerstreuung schließen ließ, damit Männer und Frauen außer dem unsichtbaren Gott ja nichts hatten, womit sie sich vergnügen konnten, fingen wir an zu hassen, was erst nur ein Witz gewesen war.

Ich ging immer in eine Kirche, die nicht weit von den Gärten entfernt war. Eine Dorfkirche, die für ihr Altarfenster berühmt war, auf dem unser Herr die Fünftausend nährte. Und natürlich hatte der Schwarze Tom Fairfax nichts Besseres zu tun, als seine Kanone draußen vor dem Fenster aufzubauen und den Befehl zum Feuern zu geben. Als ich hinkam, gab es kein Fenster mehr, und die Männer waren schon weggeritten.

Eine Gruppe von Frauen hatte sich um die Scherben des Fensters versammelt, die den Fußboden leuchtender färbten als jeder Blumenteppich in einem Blumenbeet. Es waren Frauen, die das Fenster geputzt hatten, den schlüpfrigen Fisch poliert hatten, den unser Herr in seinen ausgestreckten Händen segnete, den Rauch der Kerzen von den Füßen der Apostel abgekratzt hatten. Sie liebten das Fenster. In wortloser, aber gemeinsamer Absicht fingen sie an, die Scherben des Fensters in ihre Körbe zu sammeln. Sie sammelten das zerbrochene Brot und die beiden Fische und die erstaunten Gesichter der Hungrigen, bis ihre Körbe überquollen, so wie die Körbe der Jünger im ursprünglichen Wunder übergequollen waren. Sie sammelten jedes einzelne Glasstückchen und sagten, mit Händen, die bluteten, daß sie das Fenster an einem geheimen Ort wieder zusammensetzen würden. Am Abend, als ihre Arbeit getan war, kamen sie in die kleine Kirche, um zu beten, und ich, die ich es nicht wagte, ihnen zu folgen, beobachtete sie durch das Loch, in dem das Fenster gewesen war.

Sie knieten in einer Reihe vor dem Altar, und auf den Steinfliesen hinter ihnen, für sie unsichtbar, sah ich das Flickenmuster der Farben des Fensters, rot und gelb und blau. Die Farben verschmolzen mit den Steinplatten und bedeckten die Rücken der Frauen, die jetzt aussahen, als trügen sie Harlekinkostüme. Die ganze Kirche tanzte im Licht. Ich ließ sie dort zurück und ging nach Hause, den Kopf voller Dinge, die nicht zerstört werden können.

Der Prozeß begann am 20. Januar 1649. Jordan und Tradescant und ich waren seit einer Woche in London. Tradescant hatte sich im »Crown of Thorns« einquartiert, und Jordan und ich waren in unser altes Zuhause zurückgekehrt, das wir seit sechs Jahren nicht gesehen hatten.

Die Gerüche waren immer noch die gleichen, der Fluß war immer noch dreckig, die Dregger wühlten immer noch bis zum Hals im Dreck herum. Mitten auf dem Fluß trieb ein Huhn auf einer Kiste. Ich war stolz und aufgeregt und freute mich sogar darauf, meine knochige Hexe von einer falschen Freundin wiederzusehen, wenn auch nur, um ihr von unseren Erfolgen in der Welt erzählen zu können.

Jordan war neunzehn und ging mir bis an die Brust, was für einen Mann, der nicht meinem Körper entsprungen war, eine beachtliche Größe war. Er sah mir kein bißchen ähnlich, was ihm insgeheim eine Erleichterung gewesen sein muß, obwohl er nie in meiner Gegenwart erschauderte, wie andere es tun.

Ich trug mein bestes Kleid, das mit dem weiten Rock, der als Segel für ein vom Krieg gebeuteltes Schiff hätte herhalten können, und am Hals einen kleinen Spitzenkragen, gemacht von einer blinden Frau, die ihn als Schal gedacht hatte. Ich hatte ihr einen ungefähren Eindruck von meiner Größe vermittelt, aber sie hatte mir nicht glauben wollen, und so besitze ich jetzt, obwohl ich außer einem Dutzend zusammengenähter Decken nichts habe, was ich mir um die Schultern legen könnte, einen schön gearbeiteten Kragen. Ich hatte zu Ehren unserer Heimkehr auch meinen Hut hervorgeholt und fand, daß ich trotz meiner Beeinträchtigungen eine ganz passable Figur abgab.

Als wir uns unserer langgestreckten Hütte näherten, sah ich Rauch aus dem Loch im Dach steigen, und als wir näher kamen, erkannte ich Nachbar Firebrace und Prediger Scroggs, die nebeneinander auf meiner Vortreppe standen und in gifttriefendes Geschnatter vertieft waren.

»Jordan«, rief ich. »Lauf so schnell du kannst, sie brennen unser Haus ab.«

Ich lief ebenfalls hin und baute mich vor ihnen auf wie Goliath vor David, und sie zitterten, und Prediger Scroggs murmelte hinter der vorgehaltenen Hand etwas des Inhalts, daß ich doch tot sei.

»Wer hat gesagt, daß ich tot bin?«

Darauf wußte Scroggs keine Antwort, und ich stieß ihn beiseite wie eine Kegelfigur und warf einen Blick in die Hütte. Sie war bis unter das Dach mit Flugschriften vollgestopft.

»Wir haben dein Haus für Jesus und Oliver Cromwell beschlagnahmt«, sagte Firebrace mit seiner vor lauter Rechtschaffenheit roten Habichtnase. »Das da sind Schmähschriften gegen den König.«

Ich riß eine von einem der Stapel herunter und sah, daß es sich um eine Kopie von »A Perfect Diurnal« handelte, ein übles, hingeschmiertes Machwerk aus der Feder eines gewissen Samuel Peck, eines Mannes, der für seine Schurkereien und Missetaten bekannt war.

»Dieser Peck«, sagte ich, wobei ich Firebrace bei der Jacke packte, »dieser Peck ist ein persönlicher Feind von mir, hat er doch zwei gute Hunde von mir genommen, ohne dafür zu bezahlen, und das schon vor einigen Jahren.«

Firebrace fing an zu zappeln, also hob ich ihn einfach hoch, bis er auf meiner Augenhöhe war. Er fing an zu sabbern.

»Dieser Peck«, fuhr ich fort, und mein Atem war so feurig wie der eines Drachen, »ist ein kahlköpfiger Bussard. Ein großer, spitzgesichtiger Kerl mit einer Hakennase, einer mageren Gestalt und langen Beinen, die nur dazu geeignet sind, Reißaus zu nehmen. Beständig ist er nur im Huren, Lügen und Saufen.«

Und ich schrie Jordan zu, die Zeitungen aus dem Haus zu schaffen.

»Schmeiß sie alle auf einen Haufen, Jordan, mach den Stapel so hoch wie du willst, und dann zünden wir ein schönes Feuerchen an und setzen Prediger Scroggs und Nachbar Firebrace oben drauf, zur Erinnerung an Guy Fawkes.«

Da trat Scroggs vor mich, die Augen triefend vor Bosheit, das Gesicht verzerrt wie das eines spuckenden Froschs.

»Sie riskieren die Hölle, Madam.«

»Dann haben Sie Mitleid mit mir«, sage ich. »Ich jedenfalls habe Mitleid mit Ihnen, denn Sie riskieren nichts mehr, ist es doch ganz sicher, daß Sie schon vor einiger Zeit zur Hölle gefahren sind und nie wieder zurückkehren werden.«

»Vielleicht sollten Sie das meinen Männern erzählen«, sagt er, tritt mit seinem schiefen Lächeln einen Schritt zur Seite und gibt den Blick frei auf acht schmucklose Rundköpfe in ihren Mänteln von keiner Farbe.

Ich ging zur Tür und sah, daß drei weitere Jordan umstellt hatten, der das Feuer aufschichtete.

»Satansbrut«, schrie ich. »Hebt euch hinweg!«

Da ich eine Sünderin bin, machten sich die Teufel, anders als sie es bei Jesus getan hatten, keineswegs davon; statt dessen packten sie Jordan und fingen an, ihn wegzuschleifen, während Firebrace ein derartiges Gefurze und Gelächter anstimmte, daß ich schon fürchtete, er würde explodieren, bevor ich Zeit hätte, ihn in seine Einzelteile zu zerlegen.

Ich stürzte mich auf die Wachen, brach dem ersten den Arm, zerfetzte den zweiten und versetzte dem dritten einen Tritt an den Kopf, der ihn auf der Stelle zu Boden fällte. Die anderen fünf stürzten sich auf mich, und nachdem ich zwei von ihnen früher, als sie gedacht hatten, zu ihrem Richter geschickt hatte, legte ein anderer seine Muskete auf mich an und gab einen Schuß auf meine Brust ab. Ich kippte hintenüber, was für den Mann, der hinter mir stand, das Ende bedeutete. Dann zupfte ich die Musketenkugel aus der Spalte zwischen meinen Brüsten und wurde richtig böse.

»Ihr seid keine Gentlemen, daß ihr das Kleid einer armen Frau ruiniert, und dazu noch ihr bestes!«

Ich setzte mich auf und krempelte meine Ärmel hoch, denn mir war inzwischen klar geworden, daß ich diese grindigen Kerle doch ernst nehmen mußte. Aber bevor ich mich hochhieven konnte, waren sie schon weggerannt, so daß nur Scroggs und Firebrace zurückblieben, die genauso zitterten, wie sie am Jüngsten Tag zittern werden.

»Ich werde euch nicht jetzt gleich umbringen«, sagte ich, »denn ich bin müde von meiner Reise und habe nur den einen Wunsch, mich in meinem eigenen Haus niederzulassen. Schleicht euch also mit euren besudelten Hosen von dannen und kommt nie wieder hierher zurück, nicht einmal, wenn ich für ein ganzes Leben weggehen sollte.«

Sie waren genauso beschämt über meine Hochherzigkeit, wie selbst die schlimmsten Sünder im Angesicht der Tugend beschämt sein müssen. Als sie weg waren, warfen Jordan und ich alle Exemplare von »A Perfect Diurnal« auf einen Haufen und machten ein Feuer, dessen Licht in strahlender Pracht über die Themse leuchtete. Die Ärmsten der Armen kamen und setzten sich zu uns und wärmten sich und tranken mein Bier. Ich hatte das Gefühl, nie weggewesen zu sein, und daß all unsere Abenteuer und Sorgen nur ein Traum waren. Ich blickte zu Jordan hinüber und sah einen kleinen Jungen mit einem zerbrochenen Boot. Und ich dachte, wenn es mir nur gelingen wollte, das Feuer nicht ausgehen zu lassen, könnte ich der Zukunft vielleicht Einhalt gebieten, und dieser Augenblick würde bleiben. Diese Wärme, dieses Licht. Aber ich schlief ein und wachte zitternd auf und sah den frühen Morgen über dem Wasser hängen, und die Kohlen unseres Feuers versteinert vor Frost.

Ich saß mit Tradescant im »Crown of Thorns«, als ein Junge hereinkam und eine Flugschrift auf unseren Tisch legte.

Der Wirt war ein Loyalist und wollte nichts mit den arschgesichtigen, flachärschigen Eiferern zu schaffen haben, die den König zum Verräter an seinem eigenen Volk erklärt hatten. Einen Despoten, so nannten sie ihn, einen Tyrannen, einen Verschwender, der nicht willens war, ein Parlament des Volkes für das Volk zu akzeptieren. London wurde überschwemmt von Pamphleten, die jedem, der sie lesen konnte, mitteilten, daß der König keineswegs ein König von göttlichen Gnaden sei und für seine Sünden zur Rechenschaft gezogen werden müsse. Was mich selbst anging, so zog ich es vor, mit der Sünde der Ausschweifung als mit der Sünde der Verleugnung zu leben.

Die Puritaner, die eine Herrschaft der Heiligen auf Erden und keinen König außer Jesus wollen, haben anscheinend vergessen, daß wir im Fleisch geboren sind und im Fleisch auch bleiben müssen. Ihre Frauen schnüren sich die Brüste und kochen geschmacklose Mahlzeiten ohne Salz, und die Männer haben soviel Angst davor, daß ihr Glied sich aufrichten könnte, daß sie es mit Bandagen zwischen ihren Beinen festbinden.

In dieser Woche, der Woche vor dem Prozeß, geben sie Männern sogar Geld dafür, daß sie in Wirtshäusern sitzen und auf Äußerungen der Loyalität für den König lauschen. Die hastig gedruckte Flugschrift mit einer Botschaft des Königs und ohne den Namen eines Druckers war ein Verbrechen, auf das für alle, die sie verbreiteten, der Tod stand. Der Junge war verschwunden, hatte sich mit einem Penny von Tradescant in der Tasche in Luft aufgelöst, und alle, die den König liebten, drängten sich um den Tisch, um seine Worte zu hören.

Tradescant hat uns für den Prozeß Plätze auf der Galerie

versprochen. Wir werden in Verkleidung hingehen, obwohl noch nicht klar ist, welche Verkleidung ich annehmen soll...

In der Woche des Prozesses gab es in London einen Erlaß, der die Anwesenheit von Royalisten untersagte, und Tradescant war in ernsthafter Gefahr, war er doch ein hochgestellter Bediensteter des Königlichen Hauses. Alle, die an der Verhandlung teilnehmen wollten, wurden einer rigorosen Durchsuchung und Überprüfung unterzogen, obwohl die Puritaner, darauf bedacht, ihr Bild in der Öffentlichkeit zu wahren, eine offene Verhandlung versprochen hatten, frei für alle, mit Ausnahme der Anhänger des Königs. Tradescant und Jordan verkleideten sich als Huren, mit geschminkten Gesichtern und scharlachroten Lippen und Fetzen, die aussahen, als seien sie von jedem Infanteristen der ganzen Hauptstadt begrapscht worden. Jordan hatte einen hübschen, zierlichen Gang und dazu ein Feixen, das ihm nicht wenig Angebote für ein Bett für die Nacht einbrachte.

Ich hüllte mich in Lumpen, schwarz wie Teer, und setzte eine alte Perücke auf, die wir einem Schausteller abgebettelt hatten. Dann baute ich mir eine stabile Karre und hockte mich hinein wie ein Kuhfladen.

Auf diese Weise begaben wir uns ins Cotton House und zum Prozeß gegen den König.

Zwei Soldaten hielten uns an und fragten, ob wir Passierscheine für die Galerie hätten.

»O ja, Sir, Passierscheine haben wir«, seufzte ich und wühlte in meinen dreckigen Falten herum. »Wir haben sie wegen unserer Sündhaftigkeit bekommen. Seht nur, sie sind von Hugh Peter persönlich unterzeichnet.«

Das stimmte. Hugh Peter, ein schmieriger, pockennarbiger Prediger, der sich für einen Stellvertreter Christi hielt, hatte allen Sündern, die sich ehrlichen Herzens danach sehnten, zu bereuen und die Herrschaft der Heiligen anfangen zu sehen, Passierscheine für die Galerie angeboten. Er hatte seine dieswöchige Predigt über die Worte gehalten: »Er wird ihren König in Ketten schlagen«, und anschließend waren die Hoffnungslosen und die Verdammten trostsuchend zu ihm gekrochen. Jordan, in seiner Verkleidung als Hure, hatte gespürt, wie Hugh Peters schmierige Hand unter seine Röcke glitt, während er ihm die Freiheit versprach, die nur Christus bringen kann. Jordan hatte geweint und gejammert und ihm zwei weitere Passierscheine für zwei Freundinnen abgebettelt. Gewöhnliche Frauen, Frauen, die der Berührung des Predigers bedurften.

Und da waren wir also.

Der Soldat überprüfte unsere Papiere mit zusammengekniffenen Augen und sagte, ich müsse meinen Karren am Eingang der Galerie zurücklassen.

»Das kann ich nicht, Sir«, heulte ich, »denn ich habe den Tripper, und mein Fleisch fault unter mir. Wenn ich aufstehen würde, Sir, würden Sie einen Strom von Eiter über diese Steinplatten laufen sehen. Die Herrschaft der Heiligen kann doch nicht mit Eiterströmen beginnen.«

Jordan und Tradescant standen hinter mir, die Griffe meiner Karre umklammert.

»Meine Tochter und meine Nichte, Sir«, sagte ich mit einer Handbewegung. »Die beiden haben mich den ganzen Weg von Plymouth hierher geschoben, damit ich gerettet werden kann.«

»Das haben wir«, sagte Jordan. »Und jede Meile war eine Qual.«

Die Soldaten drehten sich zur Seite und berieten sich untereinander, während mir vor lauter Angst, sie könnten mich zum Aufstehen zwingen und auf diese Weise meine Größe sehen, der Schweiß ausbrach. Seit meiner Schlacht mit den Wachen gab es, wie Tradescant mir erzählt hatte, einen Haftbefehl gegen mich.

»Ihr könnt gehen«, sagte einer der Soldaten.

»Dann machen Sie bitte«, sagte ich und verdrehte gewinnend die Augen, »einen Weg für uns frei, denn ich werde die Treppe zur Galerie hinaufkriechen müssen, während meine Tochter die Flüssigkeiten auffängt, die eventuell aus mir herauslaufen könnten. Es ist der Gestank eines seit drei Tagen toten Hundes, und nichts für die Nasen der Zartbesaiteten.«

Ich sah, wie die Lippen des Soldaten zuckten, aber er sagte nichts, sondern ging voran zu den großen Türen, die zur Galerie führten. Er stieß die Menge zur Seite, die auf Einlaß wartete, und winkte uns durch.

Sobald die Türen hinter uns zugefallen waren, sprang ich aus der Karre, lud sie mir auf den Rücken und lief damit zum Kopf der Treppe, wo ich unverzüglich wieder hineinhüpfte und mein Gestöhne und meine flehentlichen Bitten an Jesus wieder aufnahm.

Der Prozeß dauerte sieben Tage und war kein Prozeß, sondern ein Vorspiel zu einer Hinrichtung. Der König in seinem Samthut und ohne jeden Schmuck, bis auf den Stern des Hosenbandordens, hielt sich im Angesicht von Bradshaw, dem Hauptvertreter der Anklage, so wacker, daß er sogar die Sympathien seiner Feinde gewann. Am Sonntag, als alle Gläubigen in der Kirche waren, wollte Obadiah Sedgewick den König wie üblich von seiner Kanzel in Covent Garden verunglimpfen und stieß auf Schweigen.

Am siebten Tag war die Galerie bis zum Bersten vollgestopft mit glotzäugigen Schurken in ihren puritanischen Gewändern, die gekommen waren, das Urteil zu hören. Der Gerichtsschreiber erhob sich und verlas die Missetaten des Königs, wozu auch seine Weigerung gehörte, sich schuldig oder nicht schuldig zu bekennen, da er die Autorität des Gerichtshofes nicht anerkennen wollte. Dann verlas dieser Stockfisch von einem Mann mit seinem pickeligen Jungengesicht und dem kahl werdenden Schädel eines Tattergreises so laut und feierlich wie er nur konnte: »Charles Stuart, Tyrann, Verräter, Mörder und Staatsfeind, Ihr werdet den Tod erleiden, indem Euer Kopf vom Leib getrennt wird.«

Dann erhoben sich die Kommissare, die das Todesurteil unterschrieben hatten, alles in allem achtundsechzig, um ihr Einverständnis zu bekunden.

Der König wollte etwas sagen, aber Bradshaw wußte dies zu verhindern und gab das Zeichen, ihn fortzuführen. Dem Gesetz nach war der König bereits tot, und ein toter Mann kann nicht sprechen.

Wir beobachteten, wie der König den Raum verließ, hoch aufgerichtet, seinen Stock in der Hand. In der Tür zur Straße sah er viele seiner Anhänger, die sich nicht um den Bann kümmerten, der ihre Anwesenheit untersagte. Sie waren zu zahlreich, als daß die Wachen sie verhaften konnten, aber dennoch unfähig, den Gerichtssaal zu erreichen. Sie weinten. Charles drehte sich zu seinen Kerkermeistern um und sagte mit so lauter Stimme, daß alle es hören konnten: »Ihr könnt vielleicht ihre Anwesenheit verbieten, nicht jedoch ihre Tränen.«

Im Winter macht der mitternächtliche Frost den Boden hell und härtet die Sterne. Wir hielten die ganze Nacht über Wache, alle drei, eng zusammengedrängt, und beobachteten, wie im Licht von einem Dutzend Fackeln die Hinrichtungsstätte gebaut wurde. Die Zimmerleute trugen schwarze Masken und sahen sich immer wieder um, so als hätten sie Angst davor, eine Horde Dämonen könnte durch die Dunkelheit geritten kommen und sie mitschleifen. Es bringt Unglück, einen König zu töten.

Der Henker selbst stand unter einer Fackel an der Wand und schärfte sein Beil mit einem Schleifstein. Er schärfte es, daß die

Funken in orangefarbenen Speerspitzen davonsprühten. Dann prüfte er die Klinge mit seinem Daumen, und wir sahen das Blut fließen. Ein Käfig in der Nähe enthielt ein Schaf, denn es war Brauch, das Beil bei Personen von edler Geburt vorher auszuprobieren. Zwei Männer zerrten das widerspenstige Schaf aus seinem Käfig und drückten es auf den Boden, bis die Beine unter ihm einknickten, während der Henker mit einem einzigen geraden Schlag durch Fell und Muskeln und Knochen schnitt, so sauber, daß man fast meinen konnte, gleich würde er den Kopf aufheben und wieder annähen und das Schaf davonspringen lassen.

Ein halbherziges Jubeln der Arbeiter, die das Tier mit einem Spieß durchbohrten und zum Rösten über ihr Feuer hängten. Kopf und Fell gingen an einen Bettler.

Erst als es schon Nachmittag war, erschien der König, angetan mit einem Leinenhemd, den Bart gestutzt, und nichts an ihm zitterte, obwohl manch einer der Zuschauer vor Kälte ohnmächtig geworden war. Er kniete nieder und legte den Kopf auf den Block, und ich sah, daß Tradescants Gesicht von Tränen überströmt war, die auf der Stelle gefroren und wie Diamanten auf seinen Wangen liegen blieben. Der König gab das Zeichen, und einen Augenblick später war sein Kopf in ein weißes Tuch gehüllt, und sein Körper wurde fortgetragen.

Am selben Abend faßte Tradescant im »Crown of Thorns« den Plan, auf ein Schiff zu gehen und uns zu verlassen. Ich sah den Ausdruck auf Jordans Gesicht, und mein Herz wurde zu einem Gefangenen in einem verschlossenen Zimmer. Ich konnte ihn nicht mehr erreichen. Ich wußte, daß er gehen würde.

Ich verließ die Gaststube und lief und lief, bis das Licht des Gasthauses nur noch ein Punkt in der Ferne und ich allein war mit dem Fluß auf seinem Weg zum Meer.

In einer fernab gelegenen Tanzschule bringt Fortunata ihren Schülerinnen bei, sich in Lichtpunkte zu verwandeln. Sie kommen im frühen Alter von sechs oder sieben Jahren zu ihr, und manche bleiben ihr ganzes Leben.

Die meisten entläßt sie wie Schmetterlinge in eine blühende Welt. Körper, die krumm und gefühllos hätten werden können, schmiedet sie wie Metall in einem glühenden Hochofen, tempert, dehnt, zwingt die Sehnen in unmögliche Formen und bezeichnet ihre Kunst als Natur.

Sie glaubt, daß wir gefallene Wesen sind, die einst fliegen konnten. Sie sagt, daß in unseren Körpern ein Licht brennt und jeden Augenblick droht, uns aufzulösen. Wie sonst könnten wir uns die große Zahl derer erklären, die einfach verschwinden?

Es ist ihre Aufgabe, das Licht, das im Solarplexus liegt, zu kanalisieren, die Arme entlang, die Beine entlang, es in Fingerspitzen und Füße zu zwingen, es herauszuzwingen, so daß ihre Tänzerinnen Flammenzungen schwitzen.

Sie sagt zu ihnen: »Durch den Körper wird der Körper besiegt.«

Sie fordert sie auf, über einen fünfzackigen Stern in ihren Leibern zu meditieren und zu beobachten, wie die Zacken sich immer weiter ausdehnen, die fünfte Zacke in den Kopf hinein. Dann dreht sie sie, durchbohrt von Licht, die Arme hoch erhoben, ein Bein über den anderen Oberschenkel gewinkelt, einen Fuß, gestreckt, auf einer Pennymünze, und sie dreht und dreht, bis alle Konturen verschwimmen und die Menschenwesen einem aus einem verdunkelten Gefäß befreiten Geist ähneln. Sie dreht sie der Reihe nach, eine nach der anderen, so wie ein Jongleur die Teller auf seinem Stock dreht; sie läuft von einer zur anderen, hin und her, je nachdem, ob die eine langsamer wird oder die andere droht, vor Schwindel umzufallen. Und in einem ganz bestimmten Augenblick, in dem alle in absoluter Harmonie durch die lange Halle wirbeln, hört sie Musik, die ihren Ursprung in ihren Köpfen und Rücken und Lebern und Zwerchfellen hat. Jede von ihnen hat einen Ton wie geschliffenes Glas. Das Geräusch ist ohrenbetäubend. Und genau in diesem Moment scheinen die Drehungen aufzuhören, und das wilde Kreiseln der Tänzerinnen verwandelt sich aus Bewegung in Unendlichkeit.

Wer sind diese Frauen, die in Gold erstrahlen wie die Apostel auf einem Kirchenfenster zur Mittagszeit?

Der polierte Holzboden glüht vor der Hitze ihrer Körper, und eine nach der anderen sinken sie in sich zusammen und bleiben erschöpft liegen.

Fortunata erfrischt sie, und der Tanz beginnt von neuem.

Die Welt wird beherrscht von der Angst vor Seuchen. Vor geheimnisvollen Krankheiten, die Dörfer und Städte ausradieren und leere Kirchen und Bettlaken zurücklassen, die verbrannt werden müssen. Weihwasser und Kreuze und frische Luft und der Schutz der Heiligen und eine Kost aus Brunnenkresse gelten als die Mittel, die uns als Spezies vor dem Verderben retten sollen. Aber was kann uns als Spezies vor der Liebe retten? Ein Mann verkaufte mir eine Halskette aus Hühnerknochen; er sagte, die Hühner seien direkte Nachfahren der Hühner, die unter der Krippe zu Bethlehem herumgescharrt hätten. Die Knochen würden mich vor Schmerzen jeglicher Art bewahren und mich fromm in den Himmel führen. Er selbst trug auch welche.

»Und die Liebe?« sagte ich. »Und die Liebe?«

Er schüttelte den Kopf und versicherte mir, daß es nichts gebe, was einen vor der Liebe schützen könne. Nicht einmal die kleinste Liebelei könne durch ein Amulett verhindert werden. Sie herbeizuführen sei etwas völlig anderes – hätte ich vielleicht

Interesse an einem Säckchen mit Gewürzen, die Don Juan persönlich gemischt habe?

»Aber wenn man sie fördern kann, kann man sie doch sicherlich auch verhindern?«

»Keineswegs«, sagte der Mann. »Denn jeder ist anfällig für die Liebe. Es ist leicht, sie herbeizuführen, unmöglich, sie zu beenden, bevor sie sich selbst beendet.«

»Und doch gibt es Menschen, die niemals lieben. Meine Mutter gehört zu ihnen.«

Er sagte: »Sie haben irgendwo ein Geheimnis. Meistens.«

Ich dachte an die großen Liebenden, Männer und Frauen, die die Liebe zu ihrem Beruf gemacht hatten, unermüdlich von einer Leidenschaft zur nächsten gehüpft waren, manchmal zwei, drei oder vier auf einmal dirigierten wie ein geschickter Wagenlenker. Wonach suchten sie?

Meine eigenen Leidenschaften hatten nichts, was für sie sprach. Ich jagte nicht nur einer Tänzerin nach, die, wie ihre eigenen Schwestern sagten, zu alt war, um noch kriechen zu können, ich hatte mich zudem in der Vergangenheit in zahllose Affären mit Frauen verstrickt, die mich entweder nicht lieben konnten oder wollten oder es einfach nicht taten. Hatte ich sie geliebt? Zum betreffenden Zeitpunkt war ich davon überzeugt gewesen, obwohl ich inzwischen meine Zweifel habe und nur sehe, daß ich durch sie mich selbst liebte.

Mehr als einmal war ich bereit, mein Leben für die Liebe aufzugeben. Alles zu verändern, was mir sinnvoll schien, und in eine andere Welt einzutreten, in der die Geliebte das einzig Bekannte war. Eine solche Opferbereitschaft mußte doch das Ergebnis von Liebe sein... oder war es einfach so, daß das Leben selbst abgenutzt war? War ich mit diesem Leben fertig und wollte es mir nur nicht eingestehen, weil ich zu eigensinnig oder zu ängstlich war oder es vielleicht einfach nicht wußte, wo doch die Gewohnheit eine so große Meisterin im Beharren ist?

Ich glaube, daß es häufig so ist, daß Menschen, die eine Veränderung brauchen, den Entschluß fassen, sich zu verlieben, und dann breiten sie die Arme aus und geben dem Schicksal die Schuld. Aber es ist nicht das Schicksal, wenigstens nicht, wenn das Schicksal etwas ist, was außerhalb von uns liegt, es ist eine Entscheidung, die nach Nächten des Sehnens im geheimen getroffen wurde.

Wenn ich meine Leidenschaft abgeschüttelt habe, ähnlich wie ein Hund sich nach einem unerwarteten Bad im Kanal schüttelt, kann ich nicht mehr verstehen, was es war, was mich derart beutelte. Die Geliebte ist oberflächlich, geistlos, herzlos, gewissenlos, berechnend, dumm. Natürlich sind diese Gedanken dazu da, mich zu schützen, aber gleichzeitig machen sie mich auch einfältig und nehmen mir die Fähigkeit zu differenzieren.

Und so will ich das Ganze wie folgt erklären:

Ein Mann oder eine Frau, die in Träume versunken sind, die nicht ausgesprochen werden können, von einem Leben, das sie nicht besitzen, stehen plötzlich vor einer Tür in der Wand. Sie öffnen sie. Hinter der Tür liegt eben dieses Leben, und ein Mann oder eine Frau, für die es bereits eine Selbstverständlichkeit ist. Vielleicht ist es nicht Besitz, wonach sie sich sehnen, vielleicht ist es gerade das Fehlen von Besitz, wie auch immer, plötzlich liegt das geheime Leben offen vor ihnen. Dies ist ihr wahres Zuhause, und dies der Mensch, den sie lieben.

Vielleicht ist es zynisch, wenn ich sage, daß der Mensch, den man liebt, nur sehr selten mehr ist als ein gestaltgebender Geist für den Traum des Liebenden. Und vielleicht ist genau dies genug. Vielleicht ist es genug, eine Muse zu sein. Der Schmerz kommt erst später, wenn die Träume sich verändern, wie sie es tun, wie sie es tun müssen. Plötzlich ist die verzauberte Stadt verschwunden, und man steht wieder allein in der windigen Wüste. Und was die Geliebte angeht, so hat sie dich nie verstanden. Die Wahrheit ist, daß du dich selbst nie verstanden hast.

In einer der Städte, die ich aufsuchte, war die gesamte Bevölkerung dreimal hintereinander durch die Liebe ausgelöscht worden. Nach dem dritten Mal hatten die beiden einzigen Überlebenden, ein Mönch und eine Hure, den Beschluß gefaßt, daß die Liebe in ihrem neuen Staat illegal sein würde und jeder, der dabei ertappt wurde, wie er sich ihr hingab, mit dem Tod bestraft werden sollte. Überaus angetan von ihrem bewundernswerten Plan, liebten sich die beiden so oft wie möglich und waren dank der robusten Konstitution der Hure bald imstande, die Stadt mit neuen Bewohnern zu füllen. Von frühester Jugend an wurden die Kinder vor den schrecklichen persönlichen und gesellschaftlichen Folgen gewarnt, die die Liebe nach sich zog. Man lehrte sie, alle romantischen Vorstellungen zu vergessen; die Geschlechter wurden sorgfältig getrennt und alle Ehen arrangiert. Die Sexualität, die nun einmal dazu neigt, nicht nur die Lenden, sondern auch das Herz zu entflammen, war nur zum Zwecke der Kindererzeugung erlaubt, oder aber in den drei Nächten des großen Festes, in denen männliche und weibliche Prostituierte aus einer benachbarten Stadt herbeigeholt wurden, um die Sehnsüchte der Stadtbewohner zu befriedigen. Natürlich gab es selbst nach diesen kurzen Begegnungen immer den einen oder die andere, die einfach in die Nacht verschwanden. Der Mönch und die Hure, die inzwischen ein legendäres Alter erreicht hatten, aber immer noch alle Fäden in der Hand hielten, erklärten jedes derartige Verschwinden für illegal und beschlagnahmten die Besitztümer der Betreffenden.

Ich befragte die beiden nach den Gründen für ihre Strenge und verglich sie mit den Puritanern, die mein eigenes Land beherrschten. Sie hatten noch nie etwas vom Puritanismus gehört, waren jedoch von der Idee, das männliche Glied zu bandagieren, damit es unbeweglich wurde, überaus angetan. Die religiöse Seite, so sagten sie, war nicht weiter wichtig; ihr dringlichstes Anliegen bestand darin zu verhindern, daß eine weitere Liebesplage die Stadt heimsuchte und ihre hart arbeitenden Bewohner veranlaßte, ihre Arbeit und ihre Familien aufzugeben und statt dessen Rosen durch Fenster zu werfen und Balladen zu komponieren.

»Ein paar Monate eines derartigen Treibens«, sagte der Mönch, »und die Menschen sind zugrunde gerichtet.«

Dann erzählte er mir, was geschehen war, als die Plage das letzte Mal zugeschlagen hatte. Es hatte ganz harmlos angefangen, ein paar Gitarren im Mondlicht, ein paar Liebesbriefchen, die im Schutz der Dunkelheit verschickt wurden. Dann hatte sich der Bürgermeister in ein Ladenmädchen verliebt und seine Amtskette über eine öffentliche Toilette gehängt. Dann wurden ausnahmslos alle Mönche des Klosters dabei ertappt, wie sie vor einer Statue der heiligen Hildegard von Bingen masturbierten. Sie mißachteten den Ruf zum Gebet um fünf Uhr morgens. Sie mißachteten ihn so lange, daß der alte Mann, dessen Aufgabe es war, die Glocken zu läuten, an Herzversagen starb. Um acht Uhr zog er immer noch am Strang, und genau das taten auch die Mönche.

Das Schlimmste war jedoch, daß ganz gewöhnliche Männer und Frauen, deren Wesen ohne jede Extravaganz war, plötzlich anfingen, sich gegenseitig schöne Augen zu machen und vor lauter Liebe zu sterben. Tag für Tag wurden neue Gräber in der Flanke des Hügels ausgehoben. Der Totengräber selbst war von der Frau, die er beerdigte, so hingerissen, daß er den Deckel ihres Sarges aufbrach und hineinkletterte. Nach stundenlangem Bitten und Betteln verlor seine Familie die Geduld und schaufelte das Grab eigenhändig zu. Von da an wurden die Toten einfach in den Fluß geworfen, was natürlich dazu führte, daß alle, die noch übrig waren, an Seuchen starben. Bis auf den

Mönch, der gerade fastete und nur Weihwasser aus dem Keller des Klosters trank, und die Hure, die überhaupt kein Wasser trank.

»Die Menschen, die jetzt hier leben«, sagte er, »sind restlos glücklich und frei von Krankheiten. Sie sollten sich auch hier niederlassen, junger Mann. Es würde Ihnen gut tun.«

Ich beschloß, mich erst einmal umzusehen, und ging zu einem Marktstand, um Brot zu kaufen. Die junge Frau hinter dem Stand lächelte nicht, obwohl ich selbst ausgiebig lächelte. Schließlich sagte sie: »Was Sie da tun, ist ungesetzlich. Sie sollten damit aufhören.«

»Was ist ungesetzlich?«

»Sich in mich zu verlieben.«

»Ich verliebe mich nicht in Sie.«

»Wieso lächeln Sie dann?«

Bevor ich antworten konnte, zog sie ein kleines Büchlein hervor, sah im Inhaltsverzeichnis unter »L« nach und las vor: »Lächeln ist eines der ersten Anzeichen von Liebe. Wenn dich jemand anlächelt, vergewissere dich, daß er eine andere Absicht hat.«

»Es tut mir sehr leid«, sagte ich, die Zähne fest zusammengebissen.

Dann ging ich, um mir eine Maultrommel zu kaufen, und ich gab mir alle Mühe, nicht das kleinste bißchen zu lächeln.

»Hätten Sie vielleicht auch eine kleine Gitarre oder eine Mandoline?« fragte ich.

Ich hätte den Ladenbesitzer genausogut darum bitten können, die Gebeine der Jungfrau Maria aus der Erde auszugraben, so erbost und gekränkt reagierte er. Ich erklärte ihm, daß ich ein Fremder sei, woraufhin er ein wenig umgänglicher wurde und mir erklärte, Gitarren und Mandolinen seien verboten, ebenso wie Geigen. Er hätte aber eine hübsche Tuba da, falls ich interessiert sei. Ich lehnte höflich ab und wartete auf weitere Aufklärung. Er beschrieb mir den Weg zum städtischen Museum.

Das Museum war ein düsteres Gebäude. Niemand schien sich darum zu kümmern: es gab keine Führer und keine Besucher außer mir. Es war ein Museum der Liebe. Als ich den Hauptsaal betrat, wurde ich von einer Statue Samsons begrüßt, blind und besiegt, im fleischlichen Palast der Philister zwischen zwei Säulen gekettet. Zu seinen Füßen saß die hämisch lachende Delila. Sie hielt seine Haare in der Hand.

Kurz darauf fand ich die geächteten Gitarren und Mandolinen. Sie hingen hoch oben an der Wand, und darunter befand sich eine grimmige Inschrift, die sie als »INSTRUMENTE DER LUST UND DES ZORNS« beschrieb.

In der Nähe hing ein Strauß getrockneter Rosen. Weiter drüben Amors Pfeil und Bogen. Es gab vertrocknete Lebkuchenherzen in Glasbehältern und billige Gedichte, die felsenfest an den Tisch geheftet waren. Das Traurigste war jedoch ein sorgfältig ausgestopftes Hündchen mit einer Schleife um den Hals. Auf dem Medaillon stand: »ICH LIEBE DICH.«

Es tat mir sehr leid, in der Abteilung namens »WÜSTLINGE UND LÜSTLINGE UND DAS UNHEIL, DAS SIE ANRICHTETEN«, unseren eigenen König Henry zu sehen, der seine unglückseligen Frauen überragte.

Da kein Mensch da war, der mich zur Rechenschaft ziehen konnte, streckte ich meine Hand aus und nahm die Gitarre von der Wand. Ich blies den Staub herunter und probierte die Saiten. Sie waren zwar locker, aber nicht morsch. Ich stimmte sie der Reihe nach und schlug einen sanften Akkord an.

Ich hatte schon eine ganze Weile leise vor mich hingesungen, als ich plötzlich direkt vor mir zwei Füße bemerkte. Dann noch zwei und noch zwei. Ich war von den Bewohnern der Stadt umringt. Sie sagten kein Wort, und da ich sah, daß es kein Entkommen für mich gab, spielte ich einfach weiter. Allmählich, wie in Trance, stimmten sie in meine Lieder ein, und ein oder zwei legten den Arm um ihre Nachbarn. Auf diese Weise ging es weiter, bis es fast dunkel war; dann rief einer der Männer, seines Zeichens ein Gastwirt, wir müßten alle kommen und mit ihm feiern, und auch ich müsse kommen und meine Melodien spielen. Wir taumelten in die Nacht hinaus, und im Gasthaus angekommen, hängte eine der Frauen Amors Pfeil und Bogen über die Theke. Sie lachte – sie wußte nicht, wieso sie lachte, aber es war verboten, und es machte ihr Spaß. Gegen Mitternacht, als ich schon daran dachte, ins Bett zu gehen, hub draußen auf der Straße ein lautes Jammern und Klagen an. Es waren der Mönch auf seinem purpurnen Lager und die Hure auf ihrem vergoldeten Thron. Sie hatten den Polizeichef mitgebracht. Ich vergeudete keine Zeit und floh durch das Fenster, die Gitarre fest umklammert. Die junge Frau hängte mir Amors Pfeil und Bogen über den Rücken und warf mir eine Kußhand nach.

Viel später, Jahre später, hörte ich, daß die Geißel der Liebe die Stadt von dieser Nacht an aufs neue heimgesucht hatte, aber dieses Mal hatte sie nicht den üblichen Verlauf genommen. Der Mönch hatte die gesamte Einwohnerschaft versammelt und die Menschen darauf hingewiesen, daß sie, sollten sie ihr verruchtes Treiben nicht auf der Stelle aufgeben, allesamt sterben müßten. Die Strafe für die Liebe, erinnerte er sie, war der Tod. Sie stimmten ab und entschieden sich einhellig für den Tod. Der Mönch und die Hure erschossen sie alle ohne Ausnahme, und stellten fest, daß sie wieder einmal allein waren. Sie würden wieder von vorn anfangen müssen. Verdrossen kletterten sie in ihr Bett.

Als ich die Stadt verlassen hatte, in der die Liebe eine Epidemie ist, ging ich zurück auf Tradescants Schiff, und wir setzten unseren Kurs auf die Bermudas fort. Tradescant hatte vor, das

Schiff mit Samen und Schoten und allen möglichen sonstigen exotischen Dingen zu beladen, die den Gefallen der Engländer finden und auf diese Weise in unseren Gärten heimisch werden könnten. Wir hofften auch, der neuen Methode des Pfropfens, die wir in Frankreich kennengelernt hatten, wo sie bereits zu einiger Zufriedenheit an gewissen Obstbäumen angewendet worden war, zu größerem Erfolg zu verhelfen.

Dieses Pfropfen ist eine Methode, mit deren Hilfe eine Pflanze, die vielleicht zart oder launenhaft ist, mit einem widerstandsfähigeren Mitglied ihrer Art verschmolzen wird, so daß die beiden gegenseitigen Nutzen voneinander ziehen können und eine dritte Art produzieren, ohne Samen oder Eltern. Früchte wurden auf diese Weise gegen Krankheiten resistent gemacht, und gewisse Pflanzen haben gelernt, an Stellen zu wachsen, an denen sie dies vorher nicht konnten.

Innerhalb der Kirche gibt es viele, die diese neue Methode als unnatürlich verdammen und den Standpunkt vertreten, daß der Herr, der die Welt geschaffen hat, seine Flora so geschaffen hat, wie er sie haben wollte, und nicht anders.

Tradescant wurde in England für seine Arbeit mit der Kirsche sehr gelobt, und an der Kirsche erlernte auch ich die Kunst des Pfropfens und fragte mich, ob es nicht vielleicht eine Kunst sei, die ich an mir selbst anwenden könnte.

Als meine Mutter sah, wie ich geduldig versuchte, eine Kreuzung zwischen einer schwarzen Polstead und einer Morelle zu erzielen, sagte sie zwei Dinge: »Du könntest genausogut versuchen, eine Einheit aus dir und mir zu schaffen, indem du uns an der Hüfte zusammennähst.« Und dann: »Welches Geschlecht hat das Monster, das du da herstellst?«

Ich versuchte, ihr zu erklären, daß der Baum immer noch weiblich sein würde, obwohl er nicht aus einem Samen geboren war, aber sie sagte, derartige Dinge könnten kein Geschlecht haben und seien sich selbst eine Verwirrung.

»Die Welt soll sich nach eigenem Gutdünken paaren«, sagte sie, »oder gar nicht.«

Aber die Kirsche wuchs, und wir haben ihr Geschlecht bestimmt, und sie ist weiblich.

Ich wäre froh, ich könnte einen Teil von Tradescant auf mich aufpfropfen, damit ich genau wie er ein Held sein könnte. Er paßt sich an jedes Klima an, füllt seine Schiffe mit Kostbarkeiten und wird, wenn der König auf seinen Thron zurückgekehrt ist, mit allen Ehren willkommen geheißen werden.

England ist ein Land der Helden. Jeder Junge weiß das.

Kurz nachdem wir Anker geworfen hatten, verließ ich unser Hauptschiff, um Wasser zu holen und die Insel zu erkunden. Tradescant erhob nie Einwände gegen diese Wanderungen: für ihn war es selbstverständlich, daß ich etwas zurückbringen würde, womit meine Abwesenheit gerechtfertigt wäre. Und er wußte, daß ich gerne allein war, eine Gewohnheit, die ich von meiner Mutter übernommen habe, die immer allein war.

Als ich auf einen ungastlich wirkenden Felsen zuruderte, ging mir auf, daß meine Mutter, wenn ich an sie denke oder von ihr träume, immer riesig ist, und ich immer winzig. Ich sitze auf ihrer Hand, so wie sie ihre jungen Hündchen hält, und klaube irgend etwas von ihrem Gesicht, ich weiß nicht was. Sie lacht, und ich lache ebenfalls.

Sie ist wie eine mathematische Gleichung, immer da und nicht zu widerlegen.

Ich denke, daß sie vielleicht selbst gefunden wurde, lange bevor sie mich fand. Ich stelle sie mir am Ufer vor, in einer Flasche. Die Flasche ist kobaltblau und hat einen Pfropfen aus Wachs, der mit einem Stück Stoff umwickelt ist. Eine Frau, die zufällig vorbeikommt, hört ein Geräusch aus der Flasche, zieht ihr Messer und durchschneidet das Siegel, und meine Mutter kommt heraus und verdichtet sich wie ein Flaschengeist, wird größer und größer und verfestigt sich schließlich in den ihr eigenen Proportionen. Sie gewährt der Frau drei Wünsche und wirft die Flasche ins Meer, und jetzt hat sie das alles vergessen und sitzt bei ihren Hunden und beobachtet die Gezeiten.

Über mir ziehen die Möwen in weißen Bataillonen dahin, und vor mir dräuen hohe Felsen. Im Norden dieser winzigen Insel gibt es einen ausgedehnten Sandstrand, der vom Meer durchschnitten wird wie von einer Zunge. Ich werde mein Boot auf dieses tiefe, eingeschnittene Ufer ziehen und erkunden, was für Lebenszeichen es hier gibt. Inseln sind Metaphern für das Herz, egal welcher Dichter etwas anderes behauptet.

Mein eigenes Herz wurde, genau wie dieser unwirtliche Ort, niemals aufgesucht, und ich weiß nicht, ob es Leben nähren könnte.

Bemüht, dies herauszufinden, suche ich nach einer Tänzerin, die vielleicht existiert, vielleicht aber auch nicht, obwohl ich mir nie bewußt war, diese Reise angetreten zu haben. Erst in ihrem Verlauf bin ich mir über ihr wahres Ziel klargeworden. Als ich England verließ, glaubte ich wegzulaufen. Wegzulaufen vor Unsicherheit und Verwirrung, vor allem aber vor mir selbst. Ich dachte, im Laufe der Zeit würde ich vielleicht zu einem anderen werden, aufgepfropft auf etwas Besseres und Stärkeres. Und dann erkannte ich, daß das Weglaufen in Wahrheit ein Hinlaufen war. Ein Versuch, mein flüchtiges Ich einzuholen, ein anderes Leben auf andere Weise zu leben.

Ich betrieb die Verfolgung mit Hilfe eines Schiffs, andere unternehmen die Reise, ohne sich auch nur einen Zentimeter vom Fleck zu bewegen. Wann immer die Augen eines Menschen glasig werden, hat man ihn verloren. Er ist ebensoweit von einem entfernt, wie wenn sein Körper mit Lichtgeschwindigkeit über die Grenzen der Welt hinausgetragen würde.

Die Zeit hat keine Bedeutung, Raum und Ort haben keine

Bedeutung, nicht auf dieser Reise. Alle Zeiten können bewohnt, alle Orte aufgesucht werden. An einem einzigen Tag kann der Geist alle Ozeane der Welt in einen Mühlenteich verwandeln. Manche Menschen, die das Land, in dem sie geboren wurden, nie verlassen haben, haben die ganze Welt bereist. Die Reise ist nicht linear, sie verläuft vor und zurück, leugnet den Kalender, die Falten und Linien des Körpers. Das Ich ist nicht in einem bestimmten Augenblick oder Ort enthalten, aber nur am Schnittpunkt von Augenblick und Ort kann man, für einen kurzen Moment, vielleicht sehen, wie das Ich durch eine Tür entschwindet, die im nächsten Augenblick nicht mehr da ist.

DIE THEORIE VON DER FLACHEN ERDE

Die Erde ist gleichzeitig rund und flach. Daran gibt es nichts zu deuteln. Daß sie rund ist, scheint unbestreitbar; daß sie flach ist, ist unsere gemeinsame Erfahrung, die ebenfalls unbestreitbar ist. Der Globus macht die Landkarte nicht überflüssig; die Landkarte ist keine Entstellung des Globus.

Landkarten sind magisch. In der unteren Ecke findet man Wale; oben Kormorane, die Fische mit vorquellenden Augen davontragen. Dazwischen eine subjektive Beschreibung der Lage der Dinge. Ungefähre Umrisse von Ländern, die vielleicht existieren, vielleicht aber auch nicht, gestrichelte rote Linien, die Pfade symbolisieren, die im besten Fall gefährlich, im schlimmsten bereits wieder verschwunden sind. Landkarten werden ständig umgeschrieben, so, wie unser Wissen zuzunehmen scheint. Aber nimmt unser Wissen tatsächlich zu, oder häufen sich nur die Details?

Eine Landkarte kann mir sagen, wie ich einen Ort finde, den ich noch nie gesehen, mir aber oft vorgestellt habe. Wenn ich ihn erreiche, indem ich der Karte getreulich folge, ist der Ort nicht der Ort meiner Vorstellung. Landkarten, die immer realer werden, entsprechen immer weniger der Wahrheit.

Und jetzt, wo wir mit unseren winzigen Insektenkörpern über die Erde schwärmen und Flaggen hissen und Häuser bauen, könnte man meinen, daß alle Reisen schon gemacht wurden.

Falsch. Faltet die Landkarten zusammen und stellt den Globus beiseite. Wenn jemand anderes sie gezeichnet hat, kümmert euch nicht darum. Fangt eine neue Zeichnung an, mit Walen unten und Kormoranen oben, und identifiziert dazwischen, wenn ihr könnt, die Orte, die ihr auf den anderen Karten nicht gefunden habt, die Verbindungen, die nur für eure Augen offensichtlich sind. Ob rund oder flach, bisher wurde nur ein sehr kleiner Teil entdeckt.

HALLUZINATIONEN UND KRANKHEITEN DES GEISTES

Objekte 1: Eine Frau öffnet ihre Tasche und erkennt nichts von dem, was sich darin befindet. Sie läuft nach Hause. Aber wo ist dieses Zuhause? Sie folgt der Adresse, die in ihrer Tasche geschrieben steht. Sie hat das Haus nie zuvor gesehen, und wer sind die häßlichen Kinder, die den Garten zertrampeln? Drinnen wartet ein fetter Mann auf sein Abendessen. Vor Gericht sagt sie, sie hätte ihn noch nie gesehen. Er war ihr Ehemann.

Objekte 2: Ein Mann besichtigt ein berühmtes Landhaus. Er verläßt die Führung und findet sich in einem stillen Wohnzimmer wieder, von dem er weiß, daß es sein eigenes ist. Seine Pfeife und sein Buch liegen auf dem Schemel, auf dem er sie zurückgelassen hat. Er öffnet den Schrank aus Walnußholz, um sich ein Glas Portwein einzuschenken. Er erinnert sich daran, wie glücklich er an diesem Ort war, und er versteht nicht im geringsten, wieso er später vor Gericht erscheinen und eine hohe Geldstrafe zahlen muß, weil er sich an öffentlichem Eigentum vergriffen hat. Am meisten wundert ihn, wo seine Hunde sind. Normalerweise liegen sie vor dem Kamin.

Zeit 1: Ein junger Mann an Bord eines Bergungsschiffs der Admiralität, das in der Nähe der Themsemündung vor Anker liegt, geht an Deck, um sich die Sterne anzusehen. Seine Kameraden schlafen, die Rettungsboote sind sicher verschalkt. Ein Mann tritt neben ihn und sagt: »Wie ich gehört habe, wird der König in Windsor beerdigt. Es ist über hundert Jahre her, seit sie Henry dort einfach unter einem purpurnen Bahrtuch vermodern ließen. Jane Seymor ist neben ihm. Seitdem wurde kein anderer Monarch dort begraben. Es ist Platz für Charles, ein bißchen Platz.«

Der junge Mann dreht sich erstaunt um; er weiß von keinem König, nur von einer Königin, die alles andere als tot ist. Er macht den Mund auf, um gegen den Schabernack zu protestieren, und sieht sich John Tradescant gegenüber. Über ihnen schlagen die Segel im Wind.

Zeit 2: Sie verspotten das Mädchen, als es aus der Schule kommt. Sie haßt die ganze Bande, sie würde sie am liebsten umbringen. Sie sagen, daß sie stinkt, daß sie zu fett ist, zu groß. Sie geht am Fluß entlang nach Hause, zu einer Sozialwohnung in der Upper Thames Street. Der Verkehr macht sie taub. Sie geht die Stufen der Waterloo Bridge hinauf, um einen Blick auf die St. Paul's Kathedrale zu werfen, die in der Abendsonne leuchtet. Sie kann die St. Paul's Kathedrale nicht sehen. Alles, was sie sieht, sind Reihen hölzerner Markierungspfähle und klapprige Boote, die auf dem Wasser tänzeln. Sie kann den Verkehr nicht mehr hören, weil das Bellen von Hunden so ohrenbetäubend ist. Sie kommt wieder zu sich, gibt der Hundemeute einen Tritt und zieht die Decken fester um ihre Schultern. Einen Augenblick war ihr richtig schwindlig, hatte sie das Gleichgewicht verloren, aber nein, sie ist zu Hause, wie immer. Sie kann ihre Hütte sehen. Sie lacht, und der Wind weht durch ihre Zahnlücken. Jordan wird schon auf sie warten. Sie muß ihn nicht sehen, um zu wissen, daß er da ist.

Lügen 1: Es gibt nur die Gegenwart und nichts, woran man sich erinnern müßte.

Lügen 2: Die Zeit ist eine gerade Linie.

Lügen 3: Der Unterschied zwischen Vergangenheit und Zukunft besteht darin, daß die eine geschehen ist, die andere nicht.

Lügen 4: Wir können zu einem bestimmten Zeitpunkt nur an einem einzigen Ort sein.

Lügen 5: Jede Behauptung, die das Wort »endlich« im Sinne von »vergänglich« enthält (die Welt, das Universum, Erfahrung, wir selbst ...).

Lügen 6: Die Realität als etwas, worauf man sich einigen kann.

Lügen 7: Die Realität als Wahrheit.

Sicher, geschützt und ungefährdet. So sollte Jordan sein. Als er mich verließ, war ich stolz und untröstlich, aber er war aus dem Wasser gekommen, und ich hatte immer gewußt, daß das Wasser ihn zurückfordern würde.

Eine Weile führte ich mein altes Leben weiter, züchtete Hunde und trottete mit ihnen zum Hyde Park, um sie in Kämpfen vorzuführen. Die Puritaner wollten auch dem ein Ende machen, sie hatten sich in den Kopf gesetzt, daß ein Park ein Ort ist, in dem man umherwandert, und nicht ein Ort, wo man ein Abenteuer erleben und seinen Lebensunterhalt verdienen kann. Ich dagegen denke eher, daß die Leute überall umherwandern können, daß es aber die anderen Zerstreuungen sind, nach denen sie hungern, vor allem jetzt, wo der Tod des Königs der Zukunft als einem Ort, den wir bereits kennen, ein Ende gemacht hat. Jetzt ist die Zukunft wild und unbekannt und wartet auf uns wie ein Tier in seiner Höhle.

Jordan zuliebe, und Tradescant zuliebe, und dem Andenken des Königs zuliebe beschloß ich, die Puritaner anzuspucken, wann immer ich ihnen begegnete, und bunte Bänder in schreienden Farben in meinen Haaren zu tragen, wann immer ich Gelegenheit hatte, an einer ihrer Kirchen vorbeizukommen.

Viele von ihnen haben mich dieser Respektlosigkeit wegen angefeindet, und die meisten von ihnen sind nun tot. Aus der reinen Herzensgüte, für die ich berühmt bin, habe ich den ein oder anderen nur zum Krüppel gemacht.

Eines Abends, als ich den Hyde Park verließ, über und über mit Sägespänen besprenkelt wie eine zum Abhängen aufgeknüpfte Kuh, trat ein Mann aus dem Schatten und nannte mich »Madam«. Ich hatte schon immer eine Schwäche für gute Manieren, und so hörte ich ihm höflich zu, den Kopf zur Seite geneigt, und willigte schließlich ein, ihn zu einem Versammlungshaus zu begleiten. Er sagte, es gehe um unser aller Freiheit.

Das Versammlungshaus, eine finstere Schenke in der Nähe

der Blackfriar's Fields, war bereits voll, als ich mit meinen Hunden eintraf. Ich ließ mir ein Faß Wasser geben, um die Zerquältesten und Blutigsten unter ihnen zu erfrischen, und setzte mich anschließend ganz still hin, während ein Mann im Tuche Jesu ein Gebet sprach und uns dann aufforderte, über zwei Passagen des Alten Testaments nachzudenken.

Er sagte, »Du sollst nicht töten« sei einer der Grundsätze unseres Glaubens, wir sollten aber auch einen anderen Teil der mosaischen Gesetze bedenken, nämlich: »Auge um Auge, Zahn um Zahn.«

Ich hatte schon lange an diesem Widerspruch herumgegrübelt und freute mich auf eine ausführliche Erläuterung seiner Bedeutung. Der Prediger fuhr fort und sagte, für uns als Royalisten sei Rache für den Mord an unserem König eine Sache der Vordringlichkeit, und dennoch dürften wir die heiligen Gesetze nicht brechen.

An dieser Stelle errötete ich, hatte ich sie doch schon viele Male gebrochen.

»Folglich müßt ihr im geheimen und in der Stille hingehen und die Augen Eurer Feinde aus ihren Höhlen reißen, wann immer ihr sie seht, und sie ihrer Zähne berauben, falls sie welche haben. Dies erfüllt das Gesetz Gottes.«

Ich war sehr beeindruckt von dieser Interpretation und konnte mich nicht genug darüber wundern, daß sie mir nicht schon längst selbst eingefallen war. Es hat schon etwas für sich, gebildet und somit fähig zu sein, die Schrift auszulegen.

Wir einigten uns darauf, uns immer bei Neumond und Vollmond zu treffen, um uns gegenseitig zu ermutigen, so wie die Jünger früherer Zeiten.

Ich hatte nur einen kurzen Heimweg und rechnete kaum damit, eine so schnelle Gelegenheit zu finden, meiner Berufung Folge zu leisten. Als ich hinter mir ein Pferd hörte, trat ich zur Seite, aber nicht schnell genug, um der Berührung einer Peitsche zu entgehen. Aufgebracht drehte ich mich um und sah, daß es ein pockennarbiger, ledergesichtiger, stumpfsinniger Ältester war, ganz in Grau gewandet, mit einem flachen Spitzenkragen, der so groß war, daß er jeder Bescheidenheit hohnlachte. Ich zerrte ihn vom Pferd und drückte ihm mit den Daumen die Augäpfel aus, dann zwängte ich seine Kiefer auseinander, so wie ich es tun würde, um einen Hühnerknochen aus einem Hund herauszuholen, und lockerte seine Zähne mit meinem Absatz und hatte sie kurz darauf vollzählig aus seinem Mund herausgeklaubt und in sein eigenes Taschentuch gewickelt.

Als der nächste Vollmond kam, hatte ich mich recht wacker geschlagen, wie ich fand, und ich ging zur Versammlung, um Geschichten von Unrecht und Vergeltung zu hören. Ich wurde ein wenig mißtrauisch, als ich sah, daß niemand Trophäen seines rechten Handelns mitgebracht hatte, und so kippte ich zur Ermutigung den Sack mit meiner Beute auf den Boden aus. Ich hatte 119 Augäpfel, wobei der fehlende auf einen Mann zurückzuführen war, der schon vorher einen verloren hatte, und über 2000 Zähne.

Mehrere der Anwesenden fielen auf der Stelle in Ohnmacht, und der Prediger bat mich, in den nächsten beiden Wochen etwas weniger eifrig zu sein, oder, falls mir das unmöglich sein sollte, wenigstens meinen Sack zu Hause zu lassen.

Dies kränkte mich sehr; schließlich hatte er keine Quote pro Kopf festgesetzt, und außerdem wollte es mir scheinen, als hätte mein Eifer nur die Nachlässigkeit der anderen wettgemacht.

Ich wartete nicht, bis die Erfrischungen kamen, sondern ging allein nach Hause und verfütterte die Augäpfel an meine Hunde und benutzte die Zähne als Dränage für meine Brunnenkresse. Ich hatte gerade beschlossen, allein mit meiner Sabotage weiterzumachen, als die Hure aus Spitalfields, die ich sieben Jahre nicht gesehen hatte, an meine Tür klopfte. Sie war inzwischen älter und nicht mehr ganz so schön, aber ihre Figur zeigte die Disziplin ihres Gewerbes. Sie wirkte ein wenig nervös, und ich fragte mich, was sie wohl von mir wollte.

Wie es sich herausstellte, hatten sie und ihre Schwestern, wie sie sie nannte, sich darauf verlegt, alle Puritaner, die ihr Bordell aufsuchten, zu ermorden. Dies war nicht das Problem – was ihnen Sorgen machte, war die Beseitigung der Leichen. Sie wollten keinen Mann um Hilfe bitten, da sie den Männern nicht trauten, und die Leichen in ihrem Keller stapelten sich bereits so hoch, daß sie einen Ausbruch der Pest fürchteten. Würde ich ihnen helfen? Ich wäre stark genug.

Ich war, seit Jordan weg war, herzlich einsam gewesen und hatte nur wenig Gesellschaft gefunden. Ich bin der Meinung, daß Männer und Frauen gleichermaßen verschlagen sind, und wenn sie um einen herumscharwenzeln und von Freundschaft säuseln, haben sie meist etwas völlig anderes im Sinn, etwas, was ihnen zu ihrem eigenen Vorteil gereicht. Mein bereitwilliges Herz hat mir schon so manchen Schmerz eingetragen, und seitdem hüte ich mich vor Schmeicheleien und flinken Zungen.

Aber ihr wollte ich helfen, weil sie so offen und ehrlich gewesen war, und weil Körper, ob tot oder lebendig, mir nicht das geringste bedeuten. Ich würde um meine Hunde und um meinen Jungen weinen, aber was alle anderen angeht, so können sie meinetwegen verschwinden, wie es ihnen gefällt.

Das Bordell in Spitalfields war ein Ort großer Findigkeit. Als wir vor der Tür standen, wurde eine hölzerne Klappe geöffnet, und zwei wieselflinke Augen musterten uns prüfend. Von drinnen drangen Geräusche des Schmerzes und des Elends zu uns, so wie wir sie in der Hölle hören werden. Diese Vortäuschung der Verdammnis verwunderte mich sehr, erst recht, als man mir erlaubte, einen Blick in eines der Zimmer zu werfen, und ich einen Mann sah, der bis auf die Maske, die er trug, nackt war und dessen Hinterteil mit einem heißen Eisen gebrandmarkt wurde. Die Frau, die den glühenden Stab in sein Fleisch bohrte, war nicht größer als ein Kind und sah von hinten wie ein Kind aus, obwohl man mir sagte, daß sie weit über sechzig war. Als sie sich umdrehte, sah ich, daß ihr Gesicht runzlig und fleckig und ihr Mund weiß war.

»Schweinefett«, sagte meine Begleiterin. »Sie ist von oben bis unten mit Schweinefett eingeschmiert. Auf den Lippen hat sie Talg, um sie weiß zu machen.«

Ich fragte nach dem Grund dafür.

»Der Mann ist Schweinezüchter. Er liebt Schweine, aber seine Frau hat ihm verboten, mit seinem Glied zwischen deren Hinterbacken zu kriechen. Also kommt er zu uns, und wir bestrafen ihn für seine Versuchungen. Sieh.«

Ich spähte noch einmal durch die Luke und sah, daß der Mann mit dem Zeichen eines Deckebers gebrandmarkt worden war. Er stöhnte vor Schmerzen, aber als die Zwergfrau ihn mit ihrem immer noch heißen Eisen umdrehte, war sein Glied geschwollen und ragte hart vor Lust vor ihm auf. Ich hörte ein Grunzen, und ein Schwein, das vor Angst völlig außer sich war, wurde ins Zimmer getrieben. Der Mann besprang es, klemmte es zwischen seine Beine und setzte sein Vergnügen mit tiefen Stößen fort, während die Zwergin das Eisen erneut heiß machte.

»Ist dies die übliche Methode der Befriedigung?« fragte ich.

»Es gibt keine übliche Methode«, sagte sie, »sondern nur das Unübliche. Diese Männer zählen zu den Auserwählten Gottes, wußtest du das nicht? Und die Auserwählten Gottes werden doch wohl ein Recht auf ein bißchen Vergnügen haben, oder?« Sie lachte hämisch und sagte, der Mann sei ein großer Anhänger Cromwells und würde am nächsten Morgen tot sein.

»Handelt ihr nur mit Puritanern?«

»Wir handeln mit allen, die uns brauchen. Hast du denn noch nie ihre Laken mit den Löchern drin gesehen?«

Ich sagte nein, das hätte ich nicht, aber ich hätte von der Frau von Prediger Scroggs darüber gehört.

»Bei uns herrscht kein Mangel an Predigern«, sagte sie. »Sieh nur.«

Sie führte mich zu einer anderen Tür und öffnete die Klappe. Auf einem niedrigen Bett wurde eine Frau auf die übliche Weise von einem Mann begattet, aber oben auf dem Mann lag ein zweiter Mann, der sich an ihn klammerte wie ein Käfer an ein Floß und mit dem hinteren Eingang beschäftigt war.

»Wie schwer das für die Frau sein muß«, rief ich. Im selben Augenblick setzten die beiden Männer sich auf und fingen an, sich gegenseitig zu umarmen und mit ihren Ergüssen zu beschmieren.

Da erst erkannte ich sie.

»Prediger Scroggs und Nachbar Firebrace!«

Meine Freundin hielt mir den Mund zu und zog mich in ein privates Zimmer, wo man für uns beide Kuchen bereitgestellt hatte. Ich erklärte ihr meine Beziehung zu den beiden ruchlosen Halunken und fragte sie, ob ich mir als Gegenleistung für meine Mühen bei der Beseitigung der Leichen eine Gefälligkeit ausbitten dürfe.

Sie sagte, das dürfe ich, und als Prediger Scroggs und Nachbar Firebrace das Bordell in Spitalfields das nächste Mal aufsuchten, geschah folgendes ...

Es war eine schöne Nacht, der Mond hell in den Wolken, das Wetter warm. Ich hatte die letzten Tage damit verbracht, eine Drehvorrichtung zu konstruieren, die in die Wand eingelassen war. Ich klammerte mich an die Außenseite und wartete auf die Ankunft meiner Kunden.

Scroggs kam als erster, in einem roten nachthemdähnlichen Gewand. Dann Firebrace in einer Art Toga. Sie wollten Cäsar und Brutus vor dem Streit spielen. Unfähig, mich zu beherrschen, wartete ich dennoch, bis ich sah, wie Firebraces monströses Glied unter seinen Gewändern anschwoll. Dann stieß ich mich ab und wirbelte mit meinem drehbaren Brett ins Zimmer hinein. Die beiden Männer kreischten erschrocken auf, konnten aber nicht erkennen, daß ich es war. Alles, was sie sahen, war ein Riese in der Uniform eines Henkers. Mein Podest war eine Richtstätte, ausgestattet mit einem Richtblock, den ich selbst geschnitzt hatte. Das dazugehörige Beil hatte ich erst vor einer Stunde eigenhändig geschärft. Es glitzerte im Kerzenlicht.

»Ich bin gekommen, Cäsar zu Grabe zu tragen, nicht, ihn zu preisen«, sagte ich und zitierte damit einen Stückeschreiber, an dessen Namen ich mich nicht mehr erinnere.

Die beiden lachten nervös auf, und Firebrace sagte, er hätte nicht für zusätzliche Unterhaltung bezahlt.

»Dann kannst du das jetzt nachholen«, sagte ich, trat von meinem Podest herunter und holte mit dem Beil aus. Ich verfehlte ihn mit Absicht, aber auf diese Weise hatten die beiden Gelegenheit zu sehen, wie scharf die Waffe war, die das Bett mühelos in zwei Hälften teilte.

»Macht ruhig mit euren Vergnügungen weiter«, sagte ich mit einer anmutigen Handbewegung.

Scroggs streckte die Hand aus, um die Klingel zu betätigen, aber ich durchtrennte die Schnur und mit ihr einen seiner Daumen. Noch nie habe ich so viel Gehüpfe und Gekreische wegen einer so unbedeutenden Verletzung gesehen.

Firebrace, der nicht im geringsten loyal, sondern in seinem Verrat Brutus überaus ähnlich war, versuchte, durch ein Fenster zu entfliehen, aber schon hatte ich ihm eines seiner Beine abgehauen, woraufhin er im Kreis herumhüpfte und um Gnade winselte.

Nun riß ich meine Maske herunter und zeigte ihnen, wer ich war.

»Prediger Scroggs, auf den Block, wenn es Ihnen recht ist.«

Es war ihm nicht recht, und so war ich gezwungen, ihn mit Gewalt festzuhalten, während ich ihn an die Ringe fesselte, die ich in weiser Voraussicht für den Fall eines derart feigen Verhaltens angebracht hatte.

»Denken Sie an den König«, sagte ich, »der auf dem Block lag wie ein Lamm, das geschlachtet werden soll, und kein einziges Wort von sich gab.«

Dann schlug ich ihm ohne weiteres Getue, denn ich halte nichts davon, Menschen unnötig zu quälen, den Kopf mit einem einzigen, sauberen Schlag ab und stieß ihn mit den Füßen vom Block herunter.

Inzwischen wimmerte Firebrace in einer Ecke vor sich hin und hatte seine Toga mit Exkrementen beschmutzt.

»Was für ein Anblick«, höhnte ich. »Heulst du um dein Bein? Ich werde es dir bringen und dich wieder mit ihm vereinen.«

Ich holte das Bein, das vor dem Fenster lag, und hielt es ihm entgegen, aber er lamentierte nur um so lauter und flehte mich an, ihn zu verschonen.

»Ich werde dich nicht verschonen«, sagte ich, »weil ich lieber all jene verschonen will, die mit dir in Kontakt kommen könnten, würde man dich am Leben lassen.«

Dann packte ich ihn am Genick, so wie ein Terrier eine Ratte packt, und warf ihn, der inzwischen die Besinnung verloren hatte, auf den Block. Daß er ohne Besinnung war, war besser für ihn, denn mein Beil hatte seine ursprüngliche Schärfe verloren, so daß ich gezwungen war, zwei Schläge zu führen, bevor ich seinen Kopf vollständig abtrennen konnte.

Als ich mit der Arbeit fertig war, öffnete ich die Tür, und eine eifrige Meute braver Gentlemen strömte herein, ganz wild darauf, sich inmitten dieser Ruinen zu vergnügen.

Ich drehte mich noch einmal um und sah, daß einer von ihnen Scroggs auf die Trümmer des Bettes geworfen hatte. Er bestieg ihn von hinten, wobei er den abgetrennten Kopf in rasender Leidenschaft küßte.

Ich ging zur Pumpe, wo ich einst um der Liebe willen mich selbst und all meine Kleider gewaschen hatte, und legte die Gewänder ab, die ich trug, und reinigte mich mit aller Gründlichkeit. Ich wollte keine noch so kleine Spur dieses gottlosen Paares an mir haben. Als ich sauber war, ging ich nackt nach Hause und verbrannte meine Kleider in einem stillen Feuer. Niemand sah mich. Wie die Engel kann ich unsichtbar sein, wenn es eine Aufgabe zu erledigen gibt.

DAS WESEN DER ZEIT

Meine Erfahrung mit der Zeit ähnelt zu großen Teilen meiner Erfahrung mit Landkarten. Sie ist flach und bewegt sich in einer mehr oder weniger geraden Linie von Punkt zu Punkt. In der Zeit sein, in einer kontinuierlichen Gegenwart, ist so, wie wenn man eine Landkarte betrachtet und keine Hügel, Formationen und Geländewellen sieht, sondern nur die flache Form. Man hat kein Gefühl für Dimension, sondern nur ein Gefühl für die Oberfläche. Über die Zeit nachzudenken ist schwindelerregender und gefährlicher.

Über die Zeit nachzudenken ist so, wie wenn man einen Globus dreht und plötzlich erkennt, daß alle Reisen gleichzeitig existieren, daß an einem bestimmten Ort sein nicht bedeutet, die Existenz eines anderen Ortes zu leugnen, obwohl man diesen anderen Ort weder fühlen noch sehen kann, was unser übliches Kriterium für Glauben ist.

Über die Zeit nachzudenken bedeutet, zwei gegensätzliche Gewißheiten zu akzeptieren: nämlich daß unser äußeres Leben von den Jahreszeiten und der Uhr beherrscht wird; und daß unser inneres Leben von etwas beherrscht wird, das weit weniger berechenbar ist – von einem imaginären Impuls, der durch die Diktate der täglichen Zeit hindurchschneidet und uns die Freiheit gibt, die Grenzen des Hier und Jetzt hinter uns zu lassen und wie ein Blitz an der Spirale der reinen Zeit entlangzusausen, am Kreis des Universums und was immer es enthält oder nicht enthält.

Außerhalb der Gesetzmäßigkeiten der täglichen Zeit ist Nicht-Sein ebenso exakt wie Sein. Wir können nicht über alles sprechen, was das Universum enthält, denn dies würde bedeuten, es endlich zu machen, und auf irgendeine Weise, die wir nicht beweisen können, wissen wir, daß es unendlich ist. Von daher ist das, was das Universum nicht enthält, ebenso wichtig für uns wie das, was es enthält. Es wird einen Augenblick geben (obwohl es natürlich kein Augenblick sein wird), in dem wir wissen werden (obwohl Wissen dann nicht mehr vom Sein getrennt sein wird), daß wir ein Teil all dessen sind, was uns begegnet ist, und daß alles, was uns begegnet ist, schon vorher ein Teil von uns war.

Bislang hat die Religion dies besser beschrieben als die Wissenschaft, aber jetzt scheinen die Physik und die Metaphysik dasselbe zu sagen. Die Welt ist flach und rund, oder etwa nicht? Wir haben Träume, die davon handeln, daß wir uns vorwärts und rückwärts durch die Zeit bewegen, obwohl die Verwendung von Worten wie »vorwärts« und »rückwärts« den Traum unsinnig machen, denn sie implizieren, daß die Zeit linear ist, und wenn das so wäre, könnte es keine Bewegung geben, sondern nur ein Vorwärtsschreiten. Aber wir bewegen uns nicht durch die Zeit, die Zeit bewegt sich durch uns. Ich sage dies, weil unser leiblicher Körper eine natürliche Verfallszeit hat, er ist ein Gegenstand zum einmaligen Gebrauch, der rund um uns herum zerbröckelt. Dies ist für jeden eine Überraschung. Obwohl wir es bei unseren Eltern und unseren Freunden sehen, sind wir jedesmal überrascht, wenn wir es bei uns selbst sehen. Selbst die prosaischsten von uns verraten ihren Glauben an das innere Leben, wenn sie von »meinem Körper« statt von »ich« sprechen. Wir empfinden ihn als absoluten Teil – und zugleich keineswegs als Teil von dem, was wir sind. Die Sprache verrät uns immer wieder, sagt die Wahrheit, wenn wir lügen wollen und löst sich in Formlosigkeit auf, wenn wir uns nichts sehnlicher wünschen, als präzise zu sein. Und so können wir uns nicht vorwärts oder rückwärts durch die Zeit bewegen, aber wir können sie auf eine andere Weise erleben. Wenn alle Zeit ewig gegenwärtig ist, gibt es keinen Grund, weshalb wir nicht aus der einen Gegenwart hinaus und in eine andere hineintreten könnten.

Das innere Leben sagt uns, daß wir mannigfaltig und nicht einzählig sind und daß unsere eine Existenz in Wirklichkeit aus zahllosen Existenzen besteht, die sich an den Händen halten wie die Ketten aus ausgeschnittenen Papierfigürchen, aber anders als die Papierfigürchen kein Ende haben. Wenn wir sagen: »Ich bin schon einmal hier gewesen«, meinen wir vielleicht: »Ich bin jetzt hier«, aber in einem anderen Leben, einer anderen Zeit, damit beschäftigt, etwas anderes zu tun. Unsere verschiedenen Leben können übereinander gestapelt sein wie die Teller auf der Handfläche eines Kellners. Nur das oberste ist zu sehen, aber die anderen sind ebenfalls da, und durch einen Zufall entdecken wir sie.

Unser inneres, aus reiner Zeit bestehendes Leben, fließt träge oder schnell dahin, je nach unserer spezifischen Leitfähigkeit. So wie gewisse Metalle und Legierungen, wenn sie korrekt gekühlt werden, Elektrizität leiten, ohne sich dabei zu erwärmen und von daher ohne die Energie zu verlieren, die sie leiten sollen, so sind manche Menschen vielleicht Supraleiter der Zeit. Abgesehen davon, daß sie die Zeit genauso erleben, wie wir sie normalerweise verstehen, erleben sie sie vielleicht auch als eine größere, alles umfassende Dimension und sind somit weit mehr als nur der Gegenwart in Berührung. Künstler und Gurus sind, in der Sprache der Wissenschaft, Supraleiter.

Unsere Leitfähigkeit hängt aller Wahrscheinlichkeit nach von der erlernten oder angeborenen Fähigkeit ab, den Vordergrund zum Hintergrund zu machen, so daß die Zerstreuungen des alltäglichen Lebens nicht mehr unsere Energie aufbrauchen. Mönche und Grübler haben versucht, dies zu erreichen, indem sie sich von der Welt zurückziehen – äußerste Konzentration, trance-artige Konzentration, das ist es, was nötig ist. Leidenschaft, Delirium, Meditation, selbst Körperlosigkeit, das alles sind Worte, die wir benutzen, um den überhöhten Zustand der Supra-Leitfähigkeit zu beschreiben. Es ist sicherlich richtig, daß ein Kriterium für wahre Kunst, im Gegensatz zu ihrer geschickten Nachahmung, ihre Fähigkeit ist, uns dahin zu führen, wo der Künstler gewesen ist, zu jenem anderen, unterschiedlichen Ort, an dem wir von den Problemen der Schwerkraft befreit sind. Wenn wir in das Kunstwerk hineingezogen werden, werden wir aus uns selbst herausgezogen. Wir sind nicht länger durch die Materie gebunden, die Materie ist zu dem geworden, was sie ist: leerer Raum und Licht.

Leerer Raum und Licht. Für uns ist leerer Raum gleichbedeutend mit menschenleerem Raum. Die bei Nacht blauschwarze See, bogenförmig gewölbt unter der Wölbung des Himmels dahingestreckt, blauschwarz und bedeckt mit silbernen Sternen, die nie poliert werden müssen. Die Arktis, wo das Weiß des

Schnees das Weiß des Nichts ist und sich dem Fokus des Auges widersetzt. Wälder und Regenwälder und Wasserfälle, die durch Felsenkehlen rauschen. Wüsten wie ein brennendes Feuer. Gemälde zeigen uns, wie Licht uns beeinflußt, denn im Licht leben heißt, in der Zeit leben und sich dessen nicht bewußt sein, außer auf die alleroffensichtlichste Weise. Gemälde sind Licht, das eingefangen wurde und wie ein Geist in einer Flasche festgehalten wird. Die Energie ist für immer gefangen, konzentriert, unfähig, sich zu zerstreuen.

Ein Stilleben ist tanzendes Leben. Das tanzende Leben des Lichts.

Gemälde 1: »Eine Jagd in einem Wald.« Ein Wald bei Nacht. Männer in bunten Röcken reiten auf feurigen Pferden. Hunde bellen. Von Hintergrund zu Hintergrund zu Hintergrund verschwindend, werden die Reiter immer kleiner und verlieren sich schließlich ganz. Uccello. Das Kommen der Perspektive.

Als ich dieses Bild sah, konzentrierte ich mich zuerst auf die Figuren im Vordergrund, und erst ganz allmählich bemerkte ich die anderen, einige von ihnen so blaß, daß sie kaum noch zu erkennen waren.

Mein eigenes Leben ist ganz genauso, oder sollte ich vielleicht sagen, meine eigenen Leben. Meistens kann ich nur die offensichtlichsten Einzelheiten sehen, die Gegenwart, meine Gegenwart. Aber manchmal, durch ein Spiel des Lichts, sehe ich mehr. Ich sehe zahllose Leben, die miteinander existieren und sich langsam zwischen den Bäumen verlieren.

Zeit 4: Fand meine Kindheit statt? Ich muß glauben, daß sie es tat, aber ich habe keine Beweise. Meine Mutter sagt, daß sie stattfand, aber sie ist Phantastin, eine Lügnerin und eine Mörderin, obwohl nichts davon mich davon abbringen könnte, sie zu lieben. Ich erinnere mich an gewisse Dinge, aber auch ich bin ein Phantast und ein Lügner, obwohl ich bis jetzt noch niemanden umgebracht habe.

Es gibt andere, die ich fragen könnte, aber ich würde mich in einer Gerichtsverhandlung nicht auf ihr Wort verlassen wollen. Kann ich mich dann in einer ernsthafteren Angelegenheit darauf verlassen? Ich werde annehmen müssen, daß ich eine Kindheit hatte, aber ich kann nicht annehmen, daß ich die Kindheit hatte, an die ich mich erinnere.

Jeder erinnert sich an Dinge, die sich nie ereigneten. Und es ist allgemein bekannt, daß Menschen häufig Dinge vergessen, die sich durchaus ereigneten. Entweder sind wir alle Phantasten und Lügner, oder die Vergangenheit hat nichts Definitives. Es heißt oft, daß wir durch unsere Kindheit geformt werden. Aber durch welche?

Als ich heute über die Insel ging, fand ich eine tiefe Grube voller zerschlissener Ballettschuhe. Der Satin war fleckig und die Spitzen so abgestoßen, daß sie Löcher aufwiesen. Ich folgte dem Pfad, der von der Grube einen kurzen Hügel hinauf und weiter über einen Grat führte, der von blauen Steinen übersät war. Etwas später gelangte ich zu einem ansehnlichen Haus, das ganz und gar nicht in seine wilde Umgebung paßte. Ich zog an der Glocke, aber niemand antwortete. Entschlossen, die Lösung meines Rätsels zu finden, kletterte ich an der Mauer hinauf und schaffte es, durch ein Doppelfenster im obersten Stockwerk ins Innere zu gelangen. Die Zimmer hatten hölzerne Böden und keine Möbel, obwohl jedes von ihnen einen großen Kamin hatte, und in jedem Kamin wärmten glühende Kohlen oder ein loderndes Feuer das Zimmer.

Nach einiger Zeit hörte ich eine Art Musik, aber anders als alle Musik, die ich bisher gehört hatte, und ich folgte dem Geräusch zu einer Doppeltür, die anscheinend verriegelt war. Über der Tür befand sich eine Glasscheibe, und durch behutsames Klettern gelang es mir, auf dem Türknauf zu balancieren und ins Zimmer zu spähen.

Was ich sah, erstaunte mich.

Ich schien zehn Lichtpunkte zu sehen, die sich spiralförmig in einer Reihe durch den Raum drehten, und von diesen Wesen ging das Geräusch aus, das ich gehört hatte. Es war harmonisch, hatte aber keine Melodie. Fast war es mir unmöglich, in das Licht hineinzublicken, und der Ton, der alles andere als unangenehm war, schmerzte in meinen Ohren. Er war zu satt, zu intensiv, um Musik zu sein.

Dann sah ich eine junge Frau, die in Achten zwischen den Lichtern hin und her huschte und sie mit den Händen drehte, wie eine Töpferin den Ton auf ihrer Scheibe dreht. Schließlich trat sie zurück, und ich beobachtete, wie die Lichter eins nach dem anderen Köpfe und Arme und Beine annahmen. Sie wurden langsamer und langsamer, und der Ton erstarb mit dem Licht, bis auf einmal zehn Frauen im Zimmer standen, die Schuhe durchlöchert, die Körper schweißnaß.

Ich fiel von meinem Türknauf.

Als ich wieder zu mir kam, befand ich mich in einem viel kleineren Zimmer in einem Sessel neben dem Kamin. Mir gegenüber, aufmerksam und lächelnd, saß die Frau, die ich damals bei jenem Abendessen gesehen hatte, vor einiger Zeit, was mir wie Jahre vorkam und vielleicht nur Tage gewesen war.

»Mein Name ist Jordan«, sagte ich.

Erinnerung 1: Die Szene, die ich soeben beschrieben habe, mag in der Zukunft oder in der Vergangenheit liegen. Entweder habe ich Fortunata gefunden, oder ich werde sie finden. Ich kann mir nicht sicher sein. Entweder erinnere ich mich an sie, oder ich stelle sie mir immer noch vor. Aber sie ist irgendwo im Raster der Zeit, eine Koordinate, genau wie ich.

»Mein Name ist Fortunata«, sagte sie. »Dies ist das erste, was ich sah. Es war Winter. Die Erde war hart und weiß. Späte Rosen blühten in den Hecken, wild und rot, und die Stechpalme war dunkelgrün mit leuchtenden Beeren. Es schneite jeden Tag, dichte Vorhänge aus Schnee, die die Fußstapfen auslöschten, die auf das Haus zu- oder von ihm fortführten, so daß man glauben konnte, daß niemand je hierherkam oder gekommen war. Eines Tages setzte sich ein Rotkehlchen auf meinen Fenstersims und versank auf der Stelle. Ich grub es mit einem Teelöffel aus, und es flog davon, und der Schnee rieselte wie Fesseln von seinen Flügeln. Weil der Schnee so tief war, dämpfte er die Geräusche, die wir machten, und wir gingen umher, als hätten wir ein Schweigegelübde abgelegt, tauschten Blicke und überraschten einander im Garten, wo wir uns wie in Zeitlupe bewegten und jeder Schritt Schneemassen in Bewegung setzte, wie Sanddünen.

Als es kälter und der Schnee fester wurde, schnitzten wir Statuen daraus, Szenen aus der Bibel und die griechischen Helden.

Es war der Winter, in dem wir heirateten, meine Schwestern und ich. Wir sollten alle zusammen verheiratet werden, alle zwölf am selben Tag. Am Neujahrstag, in blutroten Kleidern, die zu unseren schwarzen Haaren paßten.

Wir beschlossen, in unserem Garten eine Kirche zu bauen. Wir bauten sie aus Eis, und es zerschnitt unsere Hände, und das Blut befleckte den Schnee wie die wilden roten Rosen in den Hecken. Wir arbeiteten, ohne zu sprechen, unterbrachen unsere Arbeit nur zweimal am Tag für die Mahlzeiten und erhellten die Dunkelheit mit Fackeln, damit wir trotz der Kürze der Stunden weitermachen konnten. Am Tag vor der Zeremonie war die Kirche fertig. In der Nacht davor, unserer letzten gemeinsamen Nacht als Schwestern, schliefen wir wie immer in einer langen Reihe einzelner Betten unter den weißen Laken und Decken, wie jene, die im Schnee eingeschlafen sind. Von diesem Zimmer aus waren wir in der Vergangenheit zu einer silbernen Stadt geflogen, die weder Tag noch Nacht kannte, und in dieser Stadt hatten wir vor Freude getanzt und keinen Gedanken an die Dämmerung verschwendet, in der wir lebten.

Als unser Hochzeitstag heraufdämmerte, zogen wir unsere roten Kleider an und lösten unsere Flechten, und als wir fertig waren, schlossen und verschlossen wir die großen Fenster, die unser Ausweg gewesen waren, und gingen hintereinander aus unserem Schlafzimmer die marmorne Treppe hinunter zu der gefrorenen Kirche. Eine nach der anderen wurden wir unter den Mistelzweigen verheiratet, aber als die Reihe an mich kam, und ich war die letzte, sah ich zu meinem zukünftigen Ehemann hinüber, dem jüngsten Prinzen, dem, der uns heimlich gefolgt war und unser Geheimnis herausgefunden hatte, und ich wollte ihn nicht.

Im letztmöglichen Augenblick stieß ich ihn zur Seite und lief aus der Kirche, mitten durch die Menge der Gäste, die mit offenem Mund starrten, wie Fische.

Ich ging auf ein Schiff und segelte um die Welt und verdiente meinen Lebensunterhalt als Tänzerin. Irgendwann kam ich hierher und errichtete diese Schule. Ich annonciere nie. Die Menschen finden mich, weil sie es wollen, so wie du es getan hast.«

»Ich habe deine Schwestern kennengelernt«, sagte ich und berichtete ihr, daß sie wieder alle zusammen in einem Haus lebten, und erzählte ihr die Geschichten ihrer verschiedenen Scheidungen.

»Aber die Geschichte, die sie mir von dir erzählt haben, war nicht dieselbe. Daß du geflohen bist, ja, aber daß du davongeflogen und über ein Drahtseil gewandelt bist, das vom Turm der Kirche zum Mast eines Schiffes führte, das in der Bucht vor Anker lag.«

Sie lachte. Wie sollte so etwas möglich sein?

»Aber«, sagte ich, »wie sollte es möglich sein, jede Nacht durch das Fenster zu einer verzauberten Stadt zu fliegen, wenn es keine derartigen Orte gibt?«

»Gibt es keine derartigen Orte?« fragte sie, und ich schwieg, nicht wissend, was ich antworten sollte.

Lügen 8: Es war nicht das erste, was sie sah, wie hätte das sein können? Noch war die Nacht auf den nebelverhangenen London Fields das erste, was ich sah. Aber vorher waren wir wie jene gewesen, die träumen und als eine Reihe von Schatten durch das Leben gleiten. Und so ist das, was wir euch erzählt haben, die Wahrheit, obwohl sie es nicht ist.

Vor den großen Schneefällen und den Eisfeldern, von denen ich dir erzählt habe, flogen meine Schwestern und ich Nacht für Nacht durch das Fenster und tanzten in einer silbernen Stadt von seltsamer Beschaffenheit. Die Stadt selbst tanzte. Man hatte das Gefühl, an Bord eines Schiffes zu sein, auf den Kämmen stürmischer Gezeiten von einer Ecke in die andere geschleudert zu werden.

Zu Anfang wurde in der Stadt nicht getanzt. Die Leute zahlten ihre Steuern und zogen ihre Kinder groß und aßen und schliefen wie der Rest der Welt. Aber das war, als auch die Stadt wie der Rest dieser Welt war und unbeweglich zu sein schien. Natürlich wußten ein paar klügere Köpfe, daß die Welt endlos in Bewegung ist, aber da sie dies nicht fühlen konnten, kümmerten sie sich nicht weiter darum.

Mitten im Hochsommer, als die sterbende Sonne den blauen Himmel orangerot blutete, fing die Bewegung an. Zuerst war es nicht mehr als ein Zittern, dann ein Aufbäumen, und alle rannten nach Hause, um das Silber in Kisten zu packen und den Hund an die Leine zu legen.

Die ganze Nacht über gingen die Verschiebungen weiter, und obwohl niemand verletzt wurde, gab der ortsansässige Arzt eine schriftliche Warnung des Inhalts heraus, daß alle, die falsche Zähne hatten, diese herausnehmen sollten, um nicht plötzlich daran zu ersticken. Die Vorsichtigen übertrugen dies auch auf Haarteile und falsche Gliedmaßen, und bald waren die Keller des Rathauses mit überzähliger menschlicher Materie gefüllt.

Als die Wochen vergingen und allmählich klar wurde, daß die unterirdische Aktivität weder aufgehört noch zugenommen hatte, versuchten ein paar mutige Bürger, das Beste aus der Situation zu machen und spannten Seile von Punkt zu Punkt, an denen sie sich festhalten und mit deren Hilfe sie ihren Geschäften nachgehen konnten. Im Laufe der Zeit fingen alle an, sich an die neuen schwankenden Umstände zu gewöhnen, und schließlich fand man heraus, daß die beste Methode, das Problem zu überwinden, darin bestand, über es hinwegzubalancieren. Die Seile wurden nicht länger zum Festhalten benutzt, sondern als Gehwege und Straßen, und alle, selbst jene, die ihre Gliedmaßen im Rathaus aufgestapelt hatten, entwickelten sich zu Akrobaten. Mit bunten Regenschirmen, die ihnen beim Balancieren halfen, wandelten sie in weichen Schuhen von ihren Häusern zu ihren üblichen Gepflogenheiten.

Mehrere Generationen kamen und gingen, und niemand erinnerte sich mehr daran, daß die Stadt je wie alle anderen gewesen war oder daß der Erdboden ein üblicherer Aufenthaltsort ist. Häuser wurden in den Baumwipfeln errichtet, und die Vögel, die über diese Invasion ihrer Privatsphäre empört waren, schwangen sich noch höher hinauf und pfiffen und zwitscherten von den Wolkenbänken.

Je selbstverständlicher es für die Bürger wurde, ihr Leben schwebend zu verbringen, desto mehr wurde aus dem Gehen ein Hüpfen und aus dem Hüpfen ein Tanzen, bis sich niemand mehr die Mühe machte, gesetzt zu schreiten, wenn er genausogut in Lichtpunkten wirbeln konnte.

Dann passierte ein Unfall.

Ein junges Mädchen, das über ein schlüpfriges und zerfranstes Seil nach Hause ging, verfehlte den Tritt und stürzte ab. Ein Schrei des Entsetzens von allen, die den Vorfall sahen, aber das Mädchen stürzte keineswegs in die Tiefe, wo es zerschmettert wäre, es schwebte.

Nach ein paar einfachen Experimenten galt es als erwiesen, daß die Menschen, die die Schwerkraft aufgegeben hatten, umgekehrt von der Schwerkraft aufgegeben worden waren. Ein allgemeines Frohlocken begrüßte diese Nachricht, und von Stund an kümmerte sich niemand mehr um Fußböden oder die Gefahr eines Falls, obwohl man es immer noch für notwendig erachtete, Decken in die Häuser einzuziehen, damit man den Kronleuchter aufhängen konnte.

Jetzt habe ich dir die Geschichte der Stadt erzählt, und es ist eine logische Geschichte, da jedes einzelne Teilstück mühelos ins nächste paßt. In der Gewißheit, daß du etwas derart Glaubwürdiges glauben mußt, werde ich mit der Geschichte unserer nächtlichen Ankunft in jener Stadt fortfahren, und mit der traurigen Art und Weise unserer Entdeckung...

Die Stadt, in der die Gesetze der Schwerkraft keine Geltung mehr hatten, stieg etwa zweihundert Meilen in die Höhe, bis sie die Atmosphäre der Erde hinter sich gelassen hatte. Eine Weile schwebte sie über Afrika und fing dann an, die Erde ganz nach Lust und Laune zu umkreisen, ohne jemals lange an einem Ort zu verharren, in jeder anderen Hinsicht jedoch war sie wie eine der Küste vorgelagerte Insel. Die Bürger ließen lange Stangen anfertigen, mit denen sie sich von Sternen oder Meteoren abstoßen konnten, und benutzten ihre Stadt auf diese Art und Weise wie ein Floß, mit dem sie reisen konnten, wohin sie wollten.

Ohne ihr Wissen war es jedoch so, daß, wenn alle sich mit ihren Stangen abstießen, diese Kraft eine Gegenkraft erzeugte, eine Art Vakuum, das alles in seiner Reichweite in sich hineinsaugte. Dieser Sog war beträchtlich, und überall auf der Welt gibt es Geschichten von ganzen Picknicks, die von karierten Tischdecken verschwanden, und von kleinen Kindern, die nie wieder gesehen wurden.

Die Bürger nahmen sich der Dinge, die ihre Bewegung ansaugte, freundlich an – verzehrten die Speisen und kümmerten sich um die Kinder und segelten weiter.

Meine Schwestern und ich waren schon immer leicht gewesen. Als meine dritte Schwester geboren wurde, war es nur die Nabelschnur, die sie daran hinderte, sich den Kopf an der Decke anzustoßen. Ohne diese wäre sie aus dem Mutterleib gekommen und geradewegs in die Luft geschwebt.

Meine fünfte Schwester war so leicht, daß sie bis zum Alter von zwölf Jahren auf dem Rücken unserer Hauskatze reiten konnte.

Natürlich wurden wir gemästet und mußten ständig schwere Kleider tragen, aber unsere Ballkleider waren nicht schwer, und wenn wir tanzten, wurden wir von allen anderen beneidet, weil unsere Füße den Boden nie zu berühren schienen. Glücklicherweise waren unsere Kleider lang, und so konnte niemand erkennen, daß wir tatsächlich schwebten.

Als die gewichtlose Stadt allen Blicken verborgen über uns schwebte, waren wir die ersten, die den Sog ihrer Gegenkraft spürten, und in derselben Nacht wurden wir aus unseren Betten gezerrt und klatschten wie ein Dutzend Fliegen gegen das Fenster.

Wir berieten uns, was wir tun sollten, und kamen zu dem Schluß, daß es nur zwei Möglichkeiten gab: entweder konnten wir uns zum Schutz vor weiteren Attacken dieser Art mit Gewichten beschweren, oder wir konnten uns öffnen für was immer geschehen mochte. Unsere Entscheidung war einstimmig, und in der folgenden Nacht lagen wir in unseren Ballkleidern in unseren Betten und warteten.

Gegen ein Uhr morgens, als das Schnarchen meines Vaters das Haus erschütterte, sprangen unsere Fenster auf, und wir wurden hinausgezogen, wobei wir uns gegenseitig an den Zöpfen festhielten. Einen Augenblick später hatten wir die Stadt erreicht, und als unsere erste Überraschung verflogen war, beteiligten wir uns an den Tänzen und den Lustbarkeiten, bis der Morgen dämmerte.

Da begegneten wir unserer ersten und einzigen Schwierigkeit.

Wie sollten wir zurückkommen?

Nach längeren fruchtlosen Diskussionen erinnerte ich mich daran, daß Cyrano de Bergerac versucht hatte, sich selbst auf den Mond zu katapultieren, indem er sich an eine Art von Metall klammerte, das der Mond, da er nun einmal magnetisch ist, anzieht, und mir wollte es scheinen, daß die Erde, von der Schwerkraft gewichtet, wie sie es nun einmal ist, höchstwahrscheinlich Blei anziehen würde. Dies bedenkend, füllten wir unsere Stiefel mit Blei und setzten uns auf ein Blech aus eben diesem Material wie auf einen traurigen fliegenden Teppich. Dann baten wir die Stadtbewohner, uns abzuwerfen, was sie unter vielen Tränen und in der Gewißheit taten, daß sie uns nie wiedersehen würden.

Sie irrten sich. Das Blei erfüllte seinen Zweck, und wir landeten auf dem Dach der Kirche hinter unserem Haus. Von dort war es ein leichtes für uns, zwischen den Schornsteinen hindurch und an der Glyzinie hinunter in unsere Betten zu klettern.

Unsere Glückseligkeit währte Nacht um Nacht, bis mein Vater unsere blassen Gesichter und unsere müden Augen bemerkte und eine Wache auf uns ansetzte. Aber wir wußten uns zu helfen und betäubten jeden, der gerade Dienst hatte, mit einem Schlaftrunk und machten weiter wie zuvor. Stell dir also unser Entsetzen vor, als mein Vater verkündete, daß jeder, der ihm sagen könne, wo wir unsere Nächte verbrachten, durch unsere Hand im Bund der Ehe belohnt werden solle.

Wie nicht anders zu erwarten, kamen Prinzen aus jedem Land, und die meisten von ihnen waren leicht zu überlisten, und wir wurden zu selbstsicher.

Unser Ende kam wie folgt.

Die Bewohner der schwebenden Stadt hatten uns gesagt, es sei für sie an der Zeit, an einer anderen Stelle vor Anker zu gehen, und uns gefragt, ob wir nicht Lust hätten, für immer bei ihnen zu leben. Wir sagten ja, das hätten wir, und einigten uns darauf, daß wir nach einer Nacht des Feierns heimkehren, ein paar Sachen einpacken und rechtzeitig zurück sein würden, um für immer durch den Raum zu schweben. Es war die Nacht des jüngsten Prinzen, eines gerissenen Burschen, der unseren Schlaftrunk vermutete und sich an unseren Röcken festhielt, als wir davonflogen. Er war leicht und unsichtbar und versteckte sich zwischen den Laternen und den Bäumen, und niemand sah ihn. Als wir auf unserem Bleiblech nach Hause zurückkehrten, klammerte er sich wie ein Käfer an die Unterseite.

In der folgenden Nacht, als wir gerade gehen wollten und alles Freude und Glückseligkeit war, wurde die Tür unseres Zimmers aufgerissen, und mein Vater kam herein, beleuchtet von Fackeln und umgeben von Dienern.

Es gab kein Entkommen, und um uns zurückzuhalten, wurden unsere Knöchel angekettet, und der Prinz quartierte sich mit seinen elf Brüdern bei uns ein.

In den folgenden Tagen sahen wir oft zum Himmel auf und überlegten, wo wir sein könnten, und wußten, wo wir waren.

Den Rest der Geschichte kennst du.

Ich blieb einen Monat bei Fortunata und lernte mehr über ihre Eigenheiten und einiges über meine eigenen. Sie erzählte mir, jahrelang habe sie in der Hoffnung gelebt, gerettet zu werden; zu einem anderen Menschen zu gehören; gemeinsam mit ihm zu tanzen. Dann hatte sie gelernt, allein zu tanzen, dem Tanz und sich selbst zuliebe.

»Und die Liebe?« fragte ich.

Sie breitete die Arme aus und hielt mir einen kurzen Vortrag über die Gewohnheiten der Seesterne.

Irgendwann später nahm ich das Medaillon von meinem Hals und streifte es über ihren Kopf. Sie drehte es zu sich herum und las die Inschrift. »Erinnere dich an den Felsen, aus dem du gehauen, und an die Grube, aus der du gegraben wurdest.«

Sie lachte. »Und was ist mit deinen Flügeln?« fragte sie. »Wie kannst du sie vergessen, wo die Stümpfe noch tief in deinen Schulterblättern verwurzelt sind?«

Ich sagte nichts. In der Bibel haben nur die Engel Flügel; wir anderen müssen darauf warten, gerettet zu werden.

Gemälde 2: »Der heilige Nikolaus besänftigt die Wellen.« Ein kleines Boot auf einer blauschwarzen See. Der Sturm tobt, und die vier Jünger drängen sich voller Angst aneinander. Unter dem Boot ist ein großer Fisch zu sehen, und hoch oben fliegt der heilige Nikolaus in vollem Ornat und mit Mitra durch den Himmel. Sterne umschweben ihn.

Ich bereite mich auf meine Abreise vor. Fortunata will nicht mit mir kommen, und ich kann nicht bleiben, obwohl ein Teil von mir auch in diese Wildnis gehört. Ich hatte gedacht, sie würde vielleicht gerne reisen, aber sie sagt mir Wahrheiten, die ich bereits kenne: daß sie diese Insel nicht verlassen muß, um die Welt zu sehen, daß sie genügend Meere und Städte in ihrem Kopf hat. Wenn das stimmt, wenn es für uns alle stimmt, könnte es sein, daß diese Welt und der Mond und die Sterne ebenfalls Gebilde des Geistes sind, wenn auch eines Geistes, der eine viel größere Bandbreite hat als unserer. Wenn jemand mich denkt, steht es mir trotzdem frei, zu kommen und zu gehen. Es wird nicht wie ein Schachspiel sein, dieses gedankliche Universum, es wird ein Theater der wechselnden Szenerien sein, in dem wir durch Mauern gehen könnten, wenn wir es wollten, es aber nicht tun, weil wir unserem eigenen Gefühl für Dramatik treu bleiben.

Als ich noch ein kleiner Junge war, nahm meine Mutter mich mit, um mir ein großes Wunder zu zeigen. Es war im Jahr 1633, glaube ich, und nie zuvor hatte es in England eine Banane gegeben. Ein Mann hielt sie hoch über seinen Kopf. Sie war gelb und braungefleckt, und als ich sie ansah, sah ich den Baum und den Strand und die weißen Wellen unter Vögeln mit weiten Schwingen. Dann vergaß ich den Vorfall. Aber in meinen Spielen mit Schiffen und Pflanzen versuchte ich, zu jener Erinnerung zurückzukehren, freizusetzen, was immer sie in mir begonnen hatte.

Als Tradescant mich bat, ihn auf seinen Forschungsreisen zu begleiten, dachte ich, ich könnte vielleicht doch ein Held sein und etwas Bedeutendes nach Hause zurückbringen und im Laufe dieses Prozesses etwas finden, was ich verloren hatte. Es war schwer, über dieses Gefühl des Verlustes zu sprechen. Was konnte ich schon verloren haben, wo ich doch von Anfang an nichts gehabt hatte?

Ich hatte von Anfang an mich selbst, und das ist es, was ich verloren habe. Ich habe es in meiner Mutter verloren, weil sie größer und stärker ist als ich, und so sollte es bei Söhnen nicht sein. Vor allem aber habe ich es in der Kluft zwischen meinem Ideal von mir selbst und meinem pochenden Herzen verloren.

Ich möchte mutig sein und bewundert werden und eine schöne Frau und ein prachtvolles Haus haben. Ich möchte ein

Held sein und meiner Frau und meinen Kindern an den Docks auf Wiedersehen winken und traurig sein, sie verlassen zu müssen, vor allem aber gespannt auf das, was kommen wird. Ich möchte wie andere Männer sein, einer der Jungs, ein Mann, der den anderen auf die Schultern klopft und den einen oder anderen Witz kennt. Ich möchte wie meine kraftstrotzende Mutter sein, die sich keinen Deut darum schert, wie sie aussieht, nur darum, was sie tut. Sie hat nie geliebt, nein, und wollte es auch nicht. Sie ist selbstgenügsam und ohne Selbstzweifel. Bevor ich wegging, nahm ich sie mit die Themse hinunter und hinaus aufs Meer, aber ich weiß nicht, ob es sie beeindruckt hat, nicht einmal, wieviel ihr aufgefallen ist. Wir haben nie viel geredet. Sie ist wortkarg, so wie Männer es sein sollen. Ich habe sie oft dabei ertappt, wie sie mich anstarrte, als hätte sie mich noch nie gesehen; als wollte sie mich lernen. Ich glaube, daß sie mich liebt, aber ich weiß es nicht. Sie würde es nie aussprechen; vielleicht weiß sie es selbst nicht. Als ich ging, empfand sie, glaube ich, Erleichterung darüber, daß sie ihr altes Leben mit ihren Hunden und den Dreggern und den Huren, die sie liebt, wieder aufnehmen konnte. Tradescant hatte noch nicht einmal zu Ende gesprochen, da stand sie schon auf und ging spazieren. Sie war mit ihren eigenen Gedanken beschäftigt, aber ich war dennoch gekränkt.

Wir haben nie darüber gesprochen, ob ich gehen sollte oder nicht; für sie war es selbstverständlich, fast so, als hätte sie es erwartet. Ich hätte mir gewünscht, daß sie mich gebeten hätte zu bleiben, so wie ich mir jetzt wünsche, daß Fortunata mich bittet zu bleiben.

Wieso tun sie es nicht?

Für Tradescant ist es etwas ganz Natürliches, ein Held zu sein. Bereits sein Vater war ein Held. Die Reisen, die er unternimmt, können auf jeder Karte nachvollzogen werden, und er weiß, wonach er sucht. Er will Raritäten nach Hause zurückbringen, und genau das tut er.

Unser Schiff, das ein paar Meilen vor dieser Insel vor Anker liegt, ist vollgepackt mit Früchten und Gewürzen und neuen Pflanzen. Wenn wir nach Hause kommen, werden sich Männer und Frauen um uns scharen und uns fragen, was wir erlebt haben, und jede Version, die wir erzählen, wird ein wenig phantastischer sein als die vorherige. Aber sie wird trotzdem real sein. Wenn ich jedoch anfinge, meine Geschichten zu erzählen, darüber, wo ich gewesen bin oder wo ich glaube, daß ich gewesen bin, wer soll mir glauben? Bei einem kleinen Jungen würde man vielleicht Nachsicht üben, aber ich bin kein kleiner Junge mehr, ich bin ein Mann.

Ich habe das Logbuch des Schiffs geführt. Mit peinlicher Genauigkeit. Außerdem habe ich mein eigenes Buch geführt, und für jede Reise, die wir gemeinsam unternommen haben, habe ich meine eigene Reise niedergeschrieben und meine eigene Karte gezeichnet. Diese kann ich den anderen nicht zeigen, aber ich halte sie für eine getreuliche Beschreibung dessen, was geschehen ist, wenigstens dessen, was mir geschehen ist.

Leben wir alle auf diese Weise? Zwei Leben, das ideale äußere Leben und das innere, imaginäre Leben, in dem wir unsere Geheimnisse hüten?

Seltsamerweise haben sich meine Reisen, je weiter ich sie verfolgt habe, um so mehr von mir entfernt. Für Tradescant können Reisen abgeschlossen werden. Sie sind ein angenehmer Zeitvertreib. Mit etwas Spielraum sind sie voraussagbar. Ich dagegen bin aufgebrochen und habe festgestellt, daß selbst die einfachste Reise des Geistes kein Ende hat. Kaum daß ich sie angetreten habe, ergeben sich auch schon hundert alternative Routen. Ich entscheide mich für eine, trete sie an, und schon tauchen hundert weitere auf. Jedes Mal, wenn ich versuche, mein Vorhaben einzuengen, weite ich es aus, und dennoch führen all diese Straßen und Kanäle mich aufs offene Meer hinaus, und dann erkenne ich, wie gewaltig sie sind, diese Gebilde des

Geistes. Ich bin bestürzt über das glitzernde Wasser und die Größe der Welt.

Die Buddhisten sagen, daß es 149 Wege gibt, die zu Gott führen. Ich suche nicht nach Gott, ich suche nur nach mir selbst, und das ist viel komplizierter. Es wurde eine Menge über Gott geschrieben; über mich wurde nichts geschrieben. Gott ist größer, wie meine Mutter, leichter zu finden, selbst im Dunkeln. Ich könnte überall sein, und da ich mich nicht beschreiben kann, kann ich nicht um Hilfe bitten. Wir sind allein auf dieser Suche, und Fortunata tut richtig daran, dies nicht zu bemänteln, obwohl sie sich in bezug auf die Liebe irren könnte. Ich bin vielen Pilgern auf ihrem Weg zu Gott begegnet, und ich frage mich, wieso sie beschlossen haben, ihn und nicht sich selbst zu suchen. Vielleicht übersehe ich etwas Wichtiges – vielleicht ist es so, daß man, wenn man einen anderen sucht, unerwartet auf sich selbst trifft, in einem Garten irgendwo, oder auf einem Berg, wo man den Regen beobachtet. Aber sie scheinen sich nicht dafür zu interessieren, wer sie sind. Einige von ihnen haben mir gesagt, daß es bei der Suche nach Gott in erster Linie darum geht, sich selbst zu vergessen, sich selbst für immer zu verlieren. Aber es ist nicht schwer, sich selbst zu verlieren, oder meinen sie vielleicht das Ego, den hohlen, schreienden Kadaver, der keinen Geist in sich birgt?

Ich denke, daß dieser Kadaver nichts weiter ist als das wahnsinnig gewordene ideale Ich, und wenn man das andere Leben, das geheime Leben, finden und nach Hause bringen könnte, dann könnte man in Frieden leben und würde keinen Gott brauchen. Schließlich braucht Er uns auch nicht, da er vollkommen ist.

Ich habe meine gestreifte Tasche gepackt und meinen Mantel von dem Haken genommen, an den Fortunata ihn gehängt hatte. Sie ist gekommen, um mich zu verabschieden, und wir stehen neben meinem Boot, das noch in einer hochgelegenen Höhle mit Steinen beschwert ist.

Ihr Haar ist offen, es reicht ihr fast bis an die Taille. Sie sieht ernst aus.

»Ich komme ein andermal wieder«, sage ich.

Sie lächelt mich an und sagt nichts, und im selben Augenblick, in dem ich es sage, weiß ich, daß es nicht wahr sein wird. Sie wird mir entschlüpfen, sie und diese Insel werden quer durch die Zeit davongleiten, und ich werde sie nie wieder finden, außer vielleicht in einem Traum.

Ich werfe meine Sachen ins Boot und stemme meine Schulter dagegen und schiebe es ins Wasser. Der schwarze Punkt in der Ferne ist Tradescants Schiff. Er wird nicht viel länger warten.

Sie watet mit mir ins Wasser, so tief, daß die Spitzen ihrer Haare naß werden, und nimmt mein Gesicht in beide Hände und küßt mich auf den Mund. Dann dreht sie sich um, und ich sehe ihr nach, wie sie über den Sand und die Felsen zurückgeht. Ich fange an zu rudern, wobei ich ihren Körper als Orientierungspunkt benutze.

Das werde ich immer tun.

Heute traf die Ananas ein.

Jordan hielt sie in den Armen wie ein gelbes Baby; mit der Weisheit Salomons traf er Anstalten, sie zu zerteilen. Er hatte das Messer noch nicht geschärft, als sich Mr. Rose, der königliche Gärtner, quer über den Tisch warf und ihn anflehte, statt dessen ihn in Stücke zu säbeln. Die Teilnehmer des Festmahls bogen sich vor Lachen, und der König in eigener Person, angetan mit seiner neuen Perücke, kam von seinem Thron herunter und bat Mr. Rose, sein Opfer zu verschieben. Schließlich sei es nur eine Frucht. Bei diesen Worten hob Mr. Rose den Kopf, der preisgegeben zwischen den Tellern ruhte, und erinnerte die Gesellschaft daran, daß dies ein historischer Augenblick sei. Das war es tatsächlich. Wir schrieben das Jahr 1661, und durch Jordans Reise nach Barbados war die erste Ananas nach England gekommen.

Tradescant ist tot. Cromwell ist tot. Ireton und Bradshaw, die Ankläger des Königs, die man oft gemeinsam unter besudelten Laken finden konnte, sind tot. Jordan hat ein großartiges Schauspiel verpaßt, kam er doch zu spät mit seiner gelben Fracht zurückgesegelt: Cromwell, Ireton und Bradshaw, die gedacht hatten, daß sie friedlich in der Westminster Abbey ruhen würden, jenem heiligen Ort, den sie ihrem rechtmäßigen König verwehrt hatten, wurden am 30. Januar ausgegraben und allen zur Erbauung in Tyburn aufgehängt. Es war ein Augenblick für ein parfümiertes Taschentuch. Nicht jeder hat eine so robuste Konstitution wie ich. Wir zogen zu Tausenden hin, um zu sehen, wie sie im Wind baumelten, oder vielmehr das, was von ihnen übrig war, denn die Verwesung hatte auch bei all ihrer Vortrefflichkeit keine Ausnahme gemacht. Alle waren mächtig froh, das Schauspiel zu sehen, und genau unter den knochigen Füßen schossen zahllose Stände aus dem Boden und boten Äpfel und heiße Waffeln feil. Eine Zigeunerin mit einer Sternenkrone erbot sich, die Zukunft zu deuten, aber als sie meine Hand sah, sah sie schnell wieder weg. Ich ließ mich dadurch nicht entmutigen; ich bin Frau genug, in dieser pockennarbigen Welt mein eigenes Glück zu machen.

Dennoch wurde mir ganz philosophisch zumute, als ich in

Tyburn saß und die Lustbarkeiten und das große Erstaunen der Passanten beobachtete, vor allem das kleiner Kinder, die nie darüber nachgedacht hatten, was Verwesen bedeuten könnte.

Und dennoch ist dieses Verwesen eine allgemeine Erfahrung. Es steht uns allen bevor, sogar mir, obwohl ich mir vorstellen könnte, daß es schon eines Wurms von einiger Entschlossenheit bedürfte, um einen Eindruck zu hinterlassen.

Firebrace und Scroggs sind tot. Die Schwestern im Bordell in Spitalfields machten in jener Nacht einen nicht unbeträchtlichen Profit, als sich herumsprach, daß frisch zerstückelte Leichen zu haben waren. Das Bordell ist inzwischen dahin, meine Freundin an der Krankheit gestorben, und die anderen Schwestern verschwunden, so wie Frauen es nun einmal tun.

Ich vermisse Tradescant. Er hinterließ mir vor seinem Tod eine Viper in einer Flasche, die mich an glücklichere Zeiten erinnern sollte, in denen wir Krieg gegen alle Vipern führten. Ich wäre froh, er könnte diese Schweinerei an Stricken sehen. Es würde ihn glücklich machen, wenn er denken könnte, daß es auf dieser Welt doch noch Gerechtigkeit gibt.

Meine Nachbarin, die Hexe, ist nicht tot. Sie ist sehr geschrumpft, mehr noch als zu der Zeit, als Jordan gefunden wurde. Sie hat ungefähr die Größe eines Spürhunds, mit den dazupassenden großen Augen und Ohren. Ihr Haus ging im Laufe der Jahre in der Hitze des ein oder anderen Scharmützels verloren, aber ich habe ihr bis ans Ende ihrer Tage einen meiner Hundezwinger geliehen. Sie hat meine Gutherzigkeit zwar nicht verdient, aber diese ist nun einmal mein Ruin und das Kreuz, das ich zu tragen habe. Sie behauptet immer noch, daß sie die Zukunft vorhersagen kann, und ist oft dabei zu sehen, wie sie neben meinem Beet mit Brunnenkresse vor sich hingrübelt und die sich ständig verändernden Muster der Zähne beobachtet.

Als Tradescant starb, übernahm Jordan die Expeditionen und plante den Kurs und entschied, was kostbar war und was nicht. Er war dreizehn Jahre auf See, wobei ich Geschenke von ihm bekommen und immer gewußt habe, daß er zurückkommen würde...

Als am Tag des Galgens die Sonne unterging, kamen Soldaten des neuen Königs, unseres eigenen Charles II, und nahmen die Leichen herunter und warfen sie in die gewöhnliche Grube unter dem Galgen, ein stinkendes Loch, gefüllt mit stinkenden und schwitzenden Leichen. Die Köpfe der drei wurden abgeschlagen und oben auf die Westminster Abbey gesteckt, ein Spektakel, das die Gemüter aller, die daran vorbeikamen, beträchtlich aufmunterte.

Was nun den Rest der neunundvierzig angeht, die das Todesurteil des Königs unterzeichnet hatten, so waren einundvierzig von ihnen im Jahre 1660, als der neue König zurückkehrte, noch am Leben. Ich habe uns immer für eine allzu zivilisierte Nation gehalten, obwohl ich selbst ein weiches Herz habe, und es tat mir leid zu sehen, daß nur neun von diesen einundvierzig die nach dem Gesetz angemessene Strafe für ihren einhelligen Mord erhielten.

Diese neun enge Vertraute von Cromwell, wurden erst gehängt und anschließend, noch lebend, aufgeschlitzt und gevierteilt. Wenn sie Anstalten machten, vor Qualen ohnmächtig zu werden, wurden sie resolut mit Essig oder Nelkenöl oder auch einem Eimer mit ranzigem Wasser wieder zu sich gebracht. Ich hatte gehofft, als Andenken für Jordan ein Stück Gedärm oder sonst ein Eingeweide ergattern zu können, aber als ich mich mit meiner Tasche nach vorne drängte, mußte ich mir sagen lassen, daß alle Überbleibsel Eigentum der Krone seien. Wenn Tradescant noch am Leben gewesen wäre, hätte er bestimmt Einwände erhoben. So jedoch mußte ich mich mit Sehen und Erinnern begnügen, und in der Nacht hatte ich das Glück, doch noch eine Gallenblase zu finden, komplett mit mehreren Steinen. Sie liegt neben der Viper vor meinem Bett.

In der Zeit, in der Jordan weg war, fand ich durch meine Tätigkeit im Bordell in Spitalfields heraus, daß die Glieder der Männer, wenn sie abgebissen oder auf sonstige Weise abgetrennt werden, keineswegs wieder nachwachsen. Dies scheint mir ein großer Fehler seitens der Natur zu sein, da die Männer so unachtsam damit umgehen und sie, ohne zu überlegen, überallhin stecken. Ich glaube, daß sie sie sogar in ein Loch in der Wand zwängen würden, wenn sich nichts Besseres finden ließe.

Ich habe mich mit einem Mann gepaart, kann aber nicht behaupten, daß ich etwas empfunden hätte, obwohl ich ihn bis zum Heft eingeklemmt hatte. Was ihn selbst anging, der oben auf mir herumzappelte, den Kopf unter meinen Brüsten vergraben, so beklagte er sich darüber, daß er die Seiten meiner Möse nicht finden könne und sich vorkomme wie eine Kaulquappe in einem Topf. Er war ein gebildeter Mann und wies mich an, meine Muskeln anzuspannen, um mich auf diese Weise seiner Forke näherzubringen. Ich holte tief Luft und preßte mit aller Macht und hörte etwas wie einen Luftzug, der durch einen Tunnel rauscht, und als ich mich auf die Ellbogen aufrichtete und nach unten blickte, sah ich, daß ich ihn samt Eiern und allem in mich hineingesaugt hatte. Er steckte fest. Glücklicherweise besaß ich die Geistesgegenwart, die Glocke zu läuten, und meine Freundin kam mit ihren Schwestern herbeigeeilt, und mit Hilfe einer Brechstange stocherten sie ihn heraus und erfrischten ihn mit gewürztem Wein, während ich ihm ein kleines Liedchen über die Beharrlichkeit laichender Lachse vorsang. Er war ein zuvorkommender Gentleman und schlug mir eine andere Methode vor, mir Vergnügen zu bereiten, da ich, wie er sagte, die erste Frau war, bei der er versagt hatte. Dementsprechend wühlte er sich in die Tiefe wie ein Frettchen und versuchte, mich mit dem Mund zu nehmen. Mir war dabei kein bißchen unbehaglich zumute, denn schließlich besaß ich nichts, was abgebissen werden konnte. Aber einen Augenblick später kam sein Kopf wieder hoch, und er beäugte mich kummervoll.

»Madam«, sagte er, »es tut mir leid, ich bitte um Vergebung, aber ich kann nicht.«

»Kann nicht?«

»Kann nicht. Ich kann diese Orange nicht in den Mund nehmen. Sie will einfach nicht passen. Noch kann ich meine Zunge darüber gleiten lassen. Sie sind zu groß, Madam.«

Ich hatte keine Ahnung, welchen Teil von mir er meinte, empfand aber Mitleid mit ihm und bot ihm noch etwas Wein und eine freundliche Unterhaltung an.

Als er weg war, hockte ich mich rücklings auf ein Kissen und teilte meinen Haarbusch um zu sehen, was ihn so verwirrt hatte. Mir schien alles im richtigen Verhältnis zu stehen. Diese Gentlemen sind wirklich sehr zaghaft.

Als ich ein kleines Mädchen war, hörte ich, wie meine Mutter und mein Vater kopulierten. Ich hörte das unausgesetzte Grunzen meines Vaters und das Schweigen meiner Mutter. Später erklärte mir meine Mutter, daß die Männer Vergnügen nehmen, während die Frauen es geben. Sie sagte das ganz sachlich, im selben Tonfall, in dem sie mir erklärte, wie ich die Hunde füttern oder das Brot backen mußte.

Als ich geboren wurde, war ich so winzig, daß ich im Schuh meines Vaters schlafen konnte; erst später fing ich an zu wachsen, und zwar zu solchen Proportionen, daß mein Vater auf die Idee kam, mich auszustellen. Meine Mutter verwehrte ihm dies und sagte, kein Mitglied ihrer Familie dürfe je zum Gegenstand einer Ausstellung werden, egal wie arm wir seien. Eines Nachts versuchte mein Vater, mich zu stehlen und an einen einbeinigen Mann zu verkaufen. Sie hatten ein Faß vorbereitet, in das sie mich stecken wollten, aber kaum daß sie den Deckel zugeschlagen hatten, sprengte ich die Reifen des Fasses und kam wie eine Furie herausgeschossen und ging meinem Vater an die Kehle.

Es war mein erster Mord.

Ich habe meine Kindheit vergessen, nicht nur wegen meines Vaters, sondern auch, weil sie eine freudlose und unnötige Zeit war, voller Sehnsüchte und verlorener Hoffnungen. Ich kann mich an gewisse Vorkommnisse erinnern, habe aber keinerlei Empfinden für das Vergehen der Zeit. Wenn ich alles, was damals zu geschehen schien, ausbreiten und noch einmal durchleben sollte, würde dies vielleicht einen oder zwei Tage dauern. Und wo sind dann all die Jahre dazwischen?

Als ich die Nachricht von Jordans Rückkehr erhielt, wußte ich, daß er als Held zurückkommen würde und ich ihn als Mutter eines Helden empfangen mußte. Ich sparte keine Kosten und ließ mir ein neues Kleid aus feinster Wolle anfertigen, mit einem wunderschönen Umschlagtuch dazu, geschnitten aus dem Altartuch der Kirche von Stepney. Ich nahm mir für die Reise nach Hove eine Kutsche und schlug mein Lager am Strand auf und wartete auf das erste Zeichen von Jordans Segel. Als er mich verließ, war er neunzehn, mit rabenschwarzen Haaren und einer ruhigen Stimme. Jetzt war er dreiunddreißig, und ich konnte ihn mir nicht vorstellen.

Am Strand trieben sich die üblichen Schurken herum und hofften, eine arme Frau im Schlaf ausrauben zu können, aber ich drückte sie kurzerhand unter Wasser und ließ sie aufgedunsen von lauter Salz dort liegen. In meiner Freizeit sammelte ich Muscheln.

Endlich, am dritten Tag, sah ich einen Fleck auf dem Meer. Im Lauf der Stunden wurde er größer, und gegen Abend konnte ich sehen, wie er unter vollen Segeln vor Anker ging. Ich legte die Hände um den Mund und rief Jordans Namen, ohne zu wissen, ob er mich durch das Geschrei der Möwen, die auf die Fische hinabstießen, hören konnte.

Ich zündete mein Feuer an und wartete. In der Dunkelheit ließ Jordan ein kleines Boot zu Wasser und stellte eine Laterne in den Bug. Er ruderte so leise auf mich zu, daß ich erst, als ich ihn ins knietiefe Wasser springen hörte, den Kopf hob und hinlief, um ihm dabei zu helfen, das Boot an Land zu ziehen.

Sein Bart war teilweise grau. Er lächelte mich an und zog einen Beutel aus Waschleder aus seiner Tasche. Er enthielt eine Perlenschnur. Ich legte sie um meinen Hals, und die Perlen glänzten im Licht des Feuers. Er hatte eine Pfanne und etwas zu essen mitgebracht, und immer noch wortlos saßen wir uns am Feuer gegenüber, die schwarzen Segel des Schiffs im Mondlicht sichtbar, sein Boot dunkel auf dem Sand.

Ich wollte ihm viele Dinge sagen, wollte ihm sagen, daß ich ihn liebte und wie sehr ich ihn vermißt hatte, aber dreizehn Jahre voller Worte kämpften in meiner Kehle, und ich bekam keines von ihnen heraus. Es gab zu viel zu sagen, also sagte ich nichts.

Wir aßen unser Essen, und ich saß mit angezogenen Knien, den Rücken gegen einen Felsen gelehnt, während er auf der Seite lag, die Beine ausgestreckt, den Oberkörper auf einen Ellbogen gestützt. Er beobachtete die Wellen.

Als er einschlief, kroch ich zu ihm, um ihn mit meinen Dekken zuzudecken, und betrachtete ihn von oben bis unten, seine knochigen Handgelenke und seine Nase, die wie ein schroffer Berghang war. Ich streichelte seine Haare und sah, daß sein Gesicht zernarbt war. Jetzt würde ihm niemand mehr wehtun. Als ich die Decke bis an sein Kinn zog, bemerkte ich etwas Glitzerndes an seinem Hals. Ganz sanft, um ihn nicht zu wekken, löste ich es aus seinen Kleidern und sah, daß es ein silberner Anhänger war. Er hatte ihn nicht von mir bekommen. Es war nicht sein Medaillon, es war ein winziges Paar Schuhe,

Ballettschuhe, die Füße nach innen gebogen, so als stünden sie auf Zehenspitzen. Plötzlich drehte er sich um und stöhnte, und als ich die Kette losließ, nahm er sie in die Hand, so wie ein Kind den Daumen seiner Mutter umklammert.

Ich hob seinen Kopf und legte meinen Schal darunter und saß die ganze Nacht zu seinen Füßen und zählte die Stunden nach den Gezeiten.

EINIGE JAHRE SPÄTER

Gemälde 3: »Mr. Rose, der königliche Gärtner, überreicht Charles II die Ananas.« Der Maler ist unbekannt, wahrscheinlich Holländer. Mr. Rose, angetan mit seiner Perücke, hat ein Knie gebeugt, und der König, angetan mit seiner Perücke, nimmt die Ananas entgegen. Farben von Früchten und Blüten machen das Gemälde aus.

Kurz nachdem ich dieses Bild gesehen hatte, beschloß ich, zur Marine zu gehen. Mein Vater war erfreut, meine Mutter besorgt. Ich hatte die Schule gerade erst hinter mir und war versessen auf einen Beruf. Jeden Beruf, der mich von hier wegbringen würde.

Drei Dinge trafen zusammen.

Ich sah das Bild und versuchte mir vorzustellen, was für ein Gefühl es sein mußte, wenn man irgend etwas zum ersten Mal nach Hause brachte. Ich versuchte, eine Ananas anzusehen und so zu tun, als hätte ich noch nie zuvor eine gesehen. Es gelang mir nicht. Es sind so wenig Wunder auf dieser Erde übrig, weil wir auf die eine oder andere Weise alles schon einmal gesehen haben. Wo war diese Ananas hergekommen? Aus Barbados, das war leicht herauszufinden, aber wer hatte sie gebracht, und unter welchen Umständen, und wieso?

Ich kaufte eine Ananas und versteckte sie in meinem Zimmer, bis sie faulig wurde. Meine Mutter kam dauernd herein und schnüffelte wie ein Spürhund.

Sie sagte: »Irgend etwas riecht hier drin.«

Später sagte sie: »Ich rieche etwas Süßliches.«

Dann: »Hier fault doch was.«

Sie fand sie unter dem Bett und warf sie weg. Sie war innen ganz matschig, und die Haut war zu schuppigen geometrischen Mustern geschrumpft.

Bevor sie sie fand – und ich hatte sie lange, dank der allgemein verbreiteten Methode, alles, was lebt, mit Konservierungsmitteln vollzupumpen –, holte ich sie abends hervor und betastete ihren sprießenden Kopf und ihren rauhen Körper. Wenn ich dachte, daß meine Mutter am nächsten Morgen nicht schon in aller Frühe in mein Zimmer kommen würde, riskierte ich es, sie mit ins Bett zu nehmen, obwohl sie an diesen Tagen immer behauptete, ich würde nach Obst riechen.

»Wie kann der Junge nach Obst riechen?« sagte mein Vater. »Er hatte weit und breit nichts mit irgendwelchem Obst zu tun.«

Ich senkte den Kopf und aß meinen Porridge gehorsam auf. Meine Mutter wird oft als seltsam bezeichnet, aber das liegt nur daran, daß sie Dinge sagt, die die Leute unmöglich glauben können. Meistens hat sie recht.

Ich sagte zu meinem Freund Jack: »Jack, wärst du nicht froh, wir könnten heute noch Piraten oder so was sein?«

Er sagte: »Sei nicht albern, Nicolas, all das viele Wasser und keine Seife.«

Er ist nun einmal sehr reinlich, dieser Jack.

Nicolas Jordan. Einsachtundsiebzig groß. Dunkle Haare. Bastelt Modellboote und läßt sie an den Wochenenden schwimmen. Bester Freund: Jack. Keine Geschwister. Eltern können sich kein Teleskop leisten. Hat statt dessen ein Buch, das davon handelt, wie man mit Hilfe der Sterne navigiert, und ein Fernglas an einem Khakiriemen. Das ist alles, was es über mich zu sagen gibt. Oberflächlich betrachtet zumindest.

Das zweite der drei Dinge war ein Buch über Schiffe. Ich hatte es in einem Antiquariat gekauft. Auf dem Einband stand:

Von
Frank E. Dodman

mit einem Vorwort von
A. C. Hardy
Bakkalaureus der Naturwissenschaften
Mitglied des Instituts für Nautische Architektur (MINA),
Fellow der Royal Geographic Society (FRGS)

Lange Zeit hatte ich eine heimliche Geliebte namens Mina Frogs. Wenn ich als Held nach Hause zurückkehrte, wartete sie an der Landungsbrücke und wollte mich unbedingt heiraten. Ich liebte dieses Buch, in dem über hundert Schiffstypen beschrieben wurden und das mit fünfundneunzig Federzeichnungen, sechzehn Farbtafeln und sechzehn Photoseiten versehen war. Nach der Vorlage der Bilder baute ich mir mein eigenes Modellboot. Zuerst arbeitete ich mit Bausätzen mit Takelagen aus Balsaholz und Seeleuten aus Plastik, aber schon bald lernte ich, mit Werkzeugen aus der Werkstatt meines Vaters meine eigenen Modelle zu entwerfen. Ich machte mir nie die Mühe, auch eine Besatzung zusammenzustellen. Besatzungen waren nicht schön, sie waren nur Sklaven des Schiffs.

An den Wochenenden kochte meine Mutter, mein Vater las die Zeitung, und ich ging zum Teich und ließ meine Boote schwimmen. Ich liebte die Ungewißheit des Windes. Jack begleitete mich mit seinen Büchern über Computertechnik und seinen *GP*s, einer Zeitschrift für Ärzte, die sein Vater abonniert hatte. Die Zeitschriften waren voll mit Bildern von unheilbar Kranken, und dazu gehörte jeder, der eine ganz gewöhnliche Erkältung hatte.

»Eine Erkältung muß von allein vorbeigehen«, sagte Jack. »All die vielen Pillen sind nichts als Geldmacherei.«

»Genau wie die Liebe«, sagte ich, während ich das Ruder richtete. »Es gibt kein Mittel gegen die Liebe.«

»In wen bist du denn verliebt?« fragte Jack.

»In niemanden. Sie existiert nicht.«

»Es ist das unhygienischste, was man tun kann«, sagte Jack.

»Das glaube ich nicht. Was ist mit den Leuten, die in der Kanalisation arbeiten?«

»Sie tragen wenigstens Schutzkleider. Leute, die verliebt sind, tragen meistens überhaupt keine Kleider – sieh dir die Zeitschriften an.«

Er meinte *Playboy* und *Penthouse*. Die hatte sein Vater auch abonniert.

Dann kümmerte ich mich um meinen eigenen Kram und überließ ihn seinen Büchern. Er liebte Computer, so sauber, so programmierbar. Als ich ihm erzählte, ich hätte gelernt, nach den Sternen zu navigieren, sagte er nur: »Wozu?«

Er ist nicht unsensibel, er ist einfach nur modern.

Eines Nachmittags, als Jack auf der Seite lag und einen Artikel über ein paar Kids las, die sich in den Computer des Pentagon gehackt hatten, kam ein Mann zu mir herüber und kauerte sich neben mein Boot.

»Hast du es selbst gebaut?«

»Ja.«

»Mit welchem Bausatz?«

»Mit keinem. Ich habe es gebaut, das ist alles.«

»Segelt es?«

»Natürlich. Es ist perfekt ausbalanciert. Es könnte es mit jedem Wind aufnehmen.«

»Ich habe früher auch welche gebaut«, sagte der Mann, »und bin auf ihnen gefahren. Ich war überall, und trotzdem habe ich das Gefühl, irgend etwas verpaßt zu haben. Ich habe das Gefühl, ausgelacht zu werden, keine Ahnung von was, von wem, klingt albern, nicht wahr? Manchmal denke ich, daß ich vielleicht die Welt verpaßt habe, daß die, die ich gesehen habe, nur ein Lockvogel war, der mich von der richtigen

Fährte abbringen sollte. Ich habe das Gefühl, ständig kurz davor zu sein, endlich dahinterzukommen, und dann ist alles wieder weg.«

Er stand auf; er sah mich nicht an. Dann ging er fort.

Ich nahm mein Boot und ging zu Jack hinüber.

»Wer war das?« fragte er.

»Keine Ahnung. Ein Seemann oder was weiß ich.«

»Garantiert ein Verrückter.«

»Wieso?«

»Weil kein Mensch mehr solche Kleider trägt.«

»Laß uns gehen, Jack, ich habe Hunger.«

Und das dritte der Dinge?

Ich entrümpelte mein Schlafzimmer. Wir renovierten das Haus. Unter dem Bett lagen Stapel von Büchern, die ich gelesen hatte, als ich noch kleiner war. Die meisten packte ich einfach in einen Karton, ohne auch nur einen Blick darauf zu werfen. Aber eins war dabei, an das ich mich erinnerte, so lebhaft erinnerte, daß es nicht wie ein Gedanke war, sondern wie ein Geschmack im Mund. Es war regnerisch gewesen, als ich es las, regnerisch und kurz nach Weihnachten. Es hieß »Das große Buch der Helden«, und auf dem Einband waren Schiffe und Flugzeuge und Pferde und Männer mit entschlossenen Gesichtern. Ich schlug es auf, und ein paar Seiten in meiner eigenen, kindlichen Handschrift fielen heraus. Wahrscheinlich war ich damals zehn gewesen. Es waren selbstverfaßte Kurzporträts der Helden. Derer, die mir am besten gefielen. Auf den Rand hatte ich Bilder von ihnen gemalt.

WILHELM DER EROBERER

Geboren 1028. Bekannt als »Wilhelm der Bastard«. Drei seiner Vormunde starben eines unnatürlichen Todes, und sein Tutor wurde ermordet. »Wilhelm war ein Naturbursche, ein Jäger, ein Soldat, hitzköpfig und despotisch. Ungebildet. Seine Umgangsformen waren nicht sehr fein…«

Er heiratete Matilda, die Tochter von Balduin V von Flandern. Der Papst verurteilte die Ehe, und die beiden waren gezwungen, zur Buße je ein Kloster zu errichten.

Als Cousin des kinderlosen Eduard des Bekenners hatte Wilhelm der Bastard erwartet, England zu erben. Als statt dessen Harold es bekam, marschierte er ein.

CHRISTOPHER KOLUMBUS

Seinen spanischen Freunden als Christobal Colon bekannt. Er wurde als Sohn eines Webers in Genua geboren und begann seine seemännische Laufbahn als Pirat.

Er entdeckte Amerika mehr durch prophetische Ahnung als durch Astronomie und schrieb 1502 an König Ferdinand und Königin Isabella von Spanien: »Weder Vernunft noch Mathematik noch Karten waren mir von Nutzen.« Später schrieb er sein eigenes »Buch der Prophezeiungen« und starb als vergessener Mann.

FRANCIS DRAKE

1540 in Devon geboren, ging Drake mit dreizehn Jahren zur See. Als er siebenunddreißig war, brach er mit der *Golden Hind* auf, um die Welt zu umsegeln. Später wurde er zum Bürgermeister von Plymouth ernannt.

Berühmt für seinen Sieg über die Armada, war er außerdem

Königin Elisabeths liebster Freibeuter und erhielt den Spitznamen »Meisterdieb der Unbekannten Welt«.

Der beliebteste Held der folgenden 200 Jahre war »klein von Gestalt und hatte kräftige Gliedmaßen, einen runden Kopf, braune Haare, einen vollen Bart und große runde, klare Augen«.

LORD NELSON

1758 geboren, ging Nelson mit neun Jahren zur See und war mit fünfzehn Jahren bereits in der Arktis gewesen. Auf einer anderen Reise bekam er Malaria und hatte eine Vision. »›Also gut‹, rief ich aus, ›dann werde ich eben ein Held.‹«

Als Wellington seine Bekanntschaft machte, sagte er hinterher, Nelsons Gespräche drehten sich »nur um ihn selbst, und dazu in einem so wahrhaft eitlen und dummen Stil, daß es mich überraschte und nahezu abstieß«. Nichtsdestoweniger übernahm Nelson das Kommando über das Flaggschiff *Victory* und machte sich daran, Napoleon zu besiegen. Er entwarf seinen Angriffsplan, den er selbst als brillant bezeichnete, und nannte ihn den »Nelson-Touch«.

Er wurde in der historischen Schlacht getötet, unterzeichnete aber noch vor seinem Tod ein Dokument, in dem er seine Geliebte, Lady Emma Hamilton, und ihr gemeinsames Kind Horatia der Nation überantwortete. Die Nation nahm keine Notiz davon und feierte den großen Admiral, während Emma neun Jahre später in Calais starb, von Krankheit gezeichnet und völlig vereinsamt.

Wenn man ein Held ist, kann man ein Idiot sein, sich schlecht benehmen, sein Leben ruinieren, jede Menge Frauen haben und die ganze Zeit nur von sich selbst reden, und kein Mensch stört sich daran. Helden sind immun. Sie haben breite Schultern und Unmengen von Haaren, und egal wo sie gehen und stehen, scharen sich die Menschen um sie. Sie bevorzugen die Gesellschaft anderer Männer, obwohl zu ihren Belohnungen auch attraktive Frauen gehören.

Mein Vater sieht sich Kriegsfilme an. Kriegsfilme sind voll von blechbehelmten Männern, die in kurzen, abgehackten Sätzen sprechen. Sie spielen Karten an Klapptischen und beugen sich auf ihren Pritschen zu ihren Nachbarn hinüber. Sie springen aus Schützengräben und mähen mit ihren Maschinengewehren 180-Grad-Bögen. Sie haben Freundinnen, sind aber am liebsten unter sich.

Mein Vater sieht sich U-Boot-Filme an. Die Sirene heult, und Männer in Unterhemden werden gegen Wände geschleudert. Der Kommandant klemmt sich hinter sein Periskop, und wir sehen, wie das U-Boot wie ein stählerner Wal untertaucht.

Mein Vater sieht sich Marinefilme an. Männer in Rollkragenpullovern und schwarzen Gummistiefeln laufen auf die Brücke und erkundigen sich nach dem Feind. Immer ist ein kleiner Bursche mit einem Mop dabei, der einfache, aber wichtige Dinge sagt, die die größeren Burschen alle übersehen haben. Später im Film, wenn das Boot sinkt, ist der kleine Bursche der einzige, der klein genug ist, um seinen Körper in das klaffende Loch zu zwängen und auf diese Weise zu verhindern, daß noch mehr Wasser eindringt. Er sieht nicht wie ein Held aus, ist aber einer. Er ist da, damit alle kleinen Männer sich tapfer vorkommen können. Es gibt viele kleine Männer, die gerne Helden wären, und auch sie brauchen ihre Augenblicke des Triumphs. Das Dumme ist nur, daß die Kleinen immer umkommen.

Ich ging zur Rekrutierungsstelle der Marine, und sie erzählten mir eine Menge über die hochkomplizierten Geräte, die ich bedienen und die Orte, die ich sehen würde. Es gab einen Film über das Leben in der Marine, und hinterher kam ein alter Admiral und erzählte uns, wie er gelernt hatte, seine Schlaghosen mit sieben Falten für die sieben Meere zu bügeln.

Wir erfuhren eine Menge über Kameradschaft und Männerfreundschaft. Es hat natürlich nichts mit Homosexualität zu tun.

Jack und ich gingen in den Park. Ich hatte mein Boot, er hatte seine Bücher. Es war windig, und der Teich sah aus wie grauer Zuckerguß, in den man mit der Gabel Furchen gezogen hat. Ich ließ Jack auf einer Bank sitzen und ging hinunter zum Kieselstrand. Ich trimmte das Segel und traf alle Vorkehrungen, die nötig waren, um mein Boot zu Wasser zu lassen. Der Wind fegte es bis in die Mitte des Teichs und verbog die Takelage. Ich schaffte es zwar, es zurückzuholen, aber es war beschädigt. Der Wind trieb mir die Tränen in die Augen, und Jack dachte, ich würde weinen. Er war verlegen und lachte zu laut über eine Frau, deren Liegestuhl der Wind umgeblasen hatte.

Er sagte: »Du bist zu alt für diesen Bootsquatsch.«

Ich fragte: »Wieso?«

Er zuckte die Schultern und sagte, er würde sich für die Ferien einen Samstagsjob besorgen.

Meine Mutter und mein Vater sind sehr akkurate Esser. Sie arrangieren ihr Essen nach Farbe und Form und essen proportional, so daß sie nie zuviel von dem einen und zu wenig von dem anderen haben. Ich esse meine Erbsen immer alle zuerst, was ihnen auf die Nerven geht.

Wir haben über meine Absicht gesprochen, zur Marine zu gehen.

»Und wenn es Krieg gibt?« sagte meine Mutter.

»Du und ich, wir waren beide im Krieg«, sagte mein Vater. »Und wir sind okay.«

»Es war nervenaufreibend«, sagte meine Mutter.

»Es war nicht so übel, wir hatten auch schöne Zeiten – weißt du noch, wie wir zusammen getanzt und uns dann im Dunkeln geliebt haben?«

»Du sollst nicht so reden, wenn Nicolas dabei ist«, sagte meine Mutter. Und nach einer kurzen Pause: »Es war nervenaufreibend.«

Meinte sie den Krieg, oder das Liebemachen mit meinem Vater?

Ich wurde als Seekadett angenommen. Wir waren stolz, als der Brief kam. Meine Mutter legte ihn in die Mappe mit anderen Sachen von mir, die sie aufbewahrt.

Am Abend vor meiner Abreise gab es zur Feier des Tages ein besonderes Essen und eine Flasche Wein. Meine Mutter war nervös, mein Vater war laut. Ich versuchte, meine Erbsen bis zum Schluß aufzusparen.

Als es Zeit zum Schlafengehen war, ging ich in mein Zimmer und löschte das Licht, zog mich aber nicht aus. Ich legte mich auf mein Bett und sah durch das Fenster zu den Sternen auf. Ich hatte in einem Buch gelesen, daß die Sterne einen überallhin führen können. Ich hatte nie Astronaut werden wollen, wegen der Helme. Wenn ich dort oben wäre, auf dem Mond oder in der Nähe der Milchstraße, würde ich die Sterne um meinen Kopf herum spüren wollen. Ich würde sie in meinen Haaren haben wollen, so wie auf den Gemälden von Göttern. Ich würde wollen, daß mein ganzer Körper den Raum fühlen könnte, den leeren Raum und die Lichtpunkte. Das ist es, was Tänzer fühlen müssen, Tänzer und Akrobaten, für einen kurzen Augenblick, diese Freiheit.

Selbst wenn die Schwerkraft aufgehoben wäre, würde man sich in einem Raumanzug nicht gut fühlen. Würde man sich nicht wünschen, nackt zu sein? Sich nackt in langsamen Purzelbäumen durch eine neue Atmosphäre zu drehen?

Die Leute sagen, daß der Mond seinen Zauber verloren hat, seit ein Mensch ihn betreten hat. Ich finde das nicht. Es braucht mehr als den Fuß eines Mannes, um den Mond zu stehlen.

Auf der Welt sind wir überall gewesen, und jetzt sind wir in den Weltraum gegangen.

Mein Vater sieht sich Weltraumfilme an. Sie sind anders: sie sind das einzige noch verbliebene Gebiet unverminderter Hoffnung. Sie haben etwas Unbeschwertes, und es kommen Frauen vor, die manchmal Wissenschaftlerinnen statt Sängerinnen oder Kellnerinnen sind. Manchmal dürfen auch die Frauen Heldinnen sein, obwohl das immer noch nicht so verbreitet ist. Wenn ich Weltraumfilme sehe, möchte ich jedesmal weinen, weil sie einem so viel Hoffnung geben, sie fühlen sich an wie ein Anfang, nicht wie ein müdes, altes Ende.

Aber wenn wir überall gewesen sind, und alles nur eine Frage der Zeit ist, wohin werden wir dann gehen, wenn es keine Wildnisse mehr gibt?

Wird es ebenso lange dauern, bevor wie die Reise nach innen antreten, durch unsere eigenen Zeittunnel und tief hinein in die Reiche des inneren Raums?

Mein Schlafzimmer war leergeräumt. Ich hatte mich selbst in Schränke und außer Sicht geräumt. Es war jetzt ein zusätzliches Zimmer. Ich ging von zu Hause fort. Im Licht, das durch das Fenster fiel, konnte ich meine leeren Regale sehen, und die Schuhe, die ich nicht mehr brauchen würde, standen ordentlich aufgereiht unter dem Schrank. Es war ein alter Schrank mit einem Spiegel an der Innenseite der Tür. Am Morgen bevor ich ging, sah ich mich noch einmal an. Ich sah ganz in Ordnung aus.

Sechs Monate später befand ich mich an Bord eines Schleppers der Admiralität, der in der Nähe von Deptford in der Gezeitenmündung der Themse vor Anker lag. Wir suchten eine Mine, die irgend jemand gesehen hatte oder gesehen haben wollte. Kein Grund zur Eile. Die Öffentlichkeit war durch unsere Anwesenheit beruhigt, und wir waren durch uns selbst beruhigt. Es war ein warmer Abend, und die Lichter von London und das schwarze Wasser machten einen friedlichen Eindruck. Ich war zufrieden.

Ich stand mit einem Freund von mir an Deck. Er interessierte sich für die Sterne und liebte es, mir die Konstellationen zu zeigen. Ich verriet ihm nicht, daß ich sie bereits kannte.

Dann sagte er: »Weißt du, wenn wir in unserer Galaxis losgelassen würden, einfach nur für einen Tag ganz allein dort draußen sein dürften, würde sie nicht so aussehen wie von hier. Wir würden nichts als Schwärze sehen. All diese Sterne, die so dicht nebeneinander hängen, sind Lichtjahre voneinander entfernt. Unsere Chance, irgendeinen Stern oder Planeten zu finden, geschweige denn einen blauen wie diesen hier, würde eine Billion Billionen betragen.«

Er lachte und ging nach unten.

Ich legte die Arme auf die Reling und den Kopf auf meine Arme. Ich hatte das Gefühl, in ein schwarzes Loch zu fallen, ohne Sterne und ohne Leben und ohne Helm. Neben mir hörte ich einen Fuß über das Deck scharren. Dann sagte die Stimme eines Mannes: »Heute wird der König in Windsor beerdigt.« Ich zuckte zusammen und sah in das Gesicht eines Mannes, der auf das Wasser hinausblickte. Ich kannte ihn, aber woher? Und seine Kleider... kein Mensch trägt heutzutage solche Kleider.

Ich sah an ihm vorbei nach oben. Die Segel knarrten im Wind, der Hauptmast war eingeliekt. Weiter hinten sah ich den Pflug und den Orion und die helle Sichel des Mondes.

Ich hörte den Schrei eines Vogels, schrill und durchdringend. Tradescant seufzte.

Mein Name ist Jordan.

Ich bin eine Frau, die auf dem besten Weg ist, verrückt zu werden. Ich bin eine Frau, die Halluzinationen hat. Ich habe das Gefühl, gigantisch zu sein, ungeschlacht, eine Riesin. Wenn ich eine Riesin bin, krempele ich meine Ärmel hoch, und meine Röcke wirbeln um mich herum wie ein Wasserstrudel. Ich habe einen Sack, wie man ihn nimmt, um kleine Kätzchen zu ertränken, und ich mache überall auf der Welt Station und fülle ihn. Männer schießen auf mich, aber ich fische die Kugeln aus der Spalte zwischen meinen Brüsten und zerbeiße sie. Dann lache und lache ich und zerknicke ihre Gewehre mit den Fingern, so wie man einen Wünschelknochen knickt.

Erste Station: die Weltbank.

Ich gehe auf direktem Weg ins Vorstandszimmer. Ein langer Hartholztisch, umgeben von bequemen Stühlen. Männer in Anzügen diskutieren darüber, wie man mit den Problemen der Dritten Welt umgehen soll. Sie wollen Dämme bauen, den Regenwald abholzen, riesige Coca-Cola-Fabriken finanzieren und das Gummipotential ausbeuten.

Sie sagen: »Das hier ist eine private Besprechung.«

Ich frage am Kopf des Tisches an und packe einen nach dem anderen am Genick. Ihre Beine in ihren Gucci-Anzügen zappeln. Ich habe nichts gegen die Anzüge, das Material ist wundervoll. Ich stopfe sie in meinen Sack, während alle durcheinanderschreien, daß sie ihre Anwälte anrufen werden, und für wen ich mich halte und ob ich schon einmal was von Meinungsfreiheit und bürgerlichen Rechten gehört habe?

Wenn alle im Sack sind, räume ich das Zimmer auf und werfe ihnen noch ein paar Taschenrechner hinterher, damit sie sich nicht langweilen, und schon geht es weiter.

Nächste Station: das Pentagon.

Ich durchbreche die Hochsicherheitstüren, vorbei an den Computern, den Geheimnissen, der Armee der Sekretäre, und platze in eine Versammlung von Generälen und kleineren Lichtern, die über Verteidigung und Frieden sprechen, und wie man die nukleare Bedrohung eliminieren kann, indem man noch mehr Waffen ordert. Ich höre aufmerksam zu, während sie mir mit der ganzen Geduld einer Mutter, die mit einem behinderten Kind spricht, erklären, daß wir, solange wir nicht über genügend Mittel verfügen, um die Welt fünfzigmal in die Luft zu jagen, nicht sicher sind. Sobald wir diese Mittel haben, sind wir es.

Ich sagte: »Eure eigenen Statistiken zeigen, daß das Armutsproblem in den Vereinigten Staaten nicht mehr existieren würde, wenn in den nächsten zehn Jahren nur drei Prozent des Verteidigungshaushalts darauf verwendet würden. Ihr hättet es aus der Welt geschafft.«

Sie sehen sich an und lachen nachsichtig und wenden sich wieder ihrer Arbeit zu. Ich habe keine andere Wahl. Ich packe sie an ihren Orden und stopfe sie in meinen Sack. Einer von ihnen steckt den Kopf heraus und sagt: »Sie gehören eingesperrt. Was Sie da machen, ist gefährlich!«

Und dann...

Ich greife mir die Führer der Welt aus Autokolonnen, aus festlichen Dinners auf dem Land, aus Botschaften und privaten Geselligkeiten. Ich werfe alle in meinen Sack, und dann gehen wir zu Fuß zu den Butterbergen und Weinseen und Getreidesilos und Wüsten und ausgedörrten Feldern und verhungernden Kindern und Waffenhändlern in bewachten Palästen.

Ich zwinge alle Dicken, eine Diät zu machen, und alle Männer müssen an obligatorischen Fortbildungsveranstaltungen in den Bereichen Feminismus und Ökologie teilnehmen. Dann nehmen sie sich die Nahrungsmittelüberschüsse vor, verpacken sie mit ihren eigenen Händen und verteilen sie über eine lange, menschliche Kette, eine Kette, die einst Macht hieß und jetzt Zusammenarbeit ist.

Wir verändern die Welt, und am siebten Tag veranstalten wir am Weinsee ein großes Fest und backen Pfannkuchen aus dem Butterberg, und die Völker der Erde strömen herbei und sind satt und sauber und gesund. Und wenn die Flüsse glitzern, dann nicht vor Quecksilber...

Damit hat es angefangen, mit dem Quecksilber. Damit haben meine Halluzinationen angefangen, mit dem Überprüfen von Quecksilberkonzentrationen in Bächen und Seen und Flüssen. Überall dort, wo Profit denkbar war. Die Konzentrationen waren immer zu hoch, die Fische starben, die Kinder hatten seltsame, schuppige Krankheiten, von denen die Regierung sagte, sie hätten nicht das geringste mit irgendwas zu tun.

Ich startete eine Ein-Frau-Kampagne, eine Kampagne von der Sorte, von der man in den Zeitungen liest, wo die Frau immer als ein bißchen überkandidelt, aber ansonsten ganz harmlos dargestellt wird. Sie hoffen, daß man weggeht, älter wird, das Interesse verliert. Die Zeit ist eine große Meisterin im Töten.

Ich ging nicht weg. Ich schrieb Artikel und schob Untersuchungsberichte unter Haustüren. Ich entwickelte einen ausgeprägten Hang zum persönlichen Evangelismus. Ich sprach Hausfrauen an Straßenecken und Männer in Kneipen an. Wo Frauen hohe Stellungen innehatten, bat ich um Geld und Unterstützung.

Die Kosten für mich selbst waren hoch. Zu hoch, dachte ich immer, wenn ich deprimiert war, was oft vorkam. Das Problem liegt darin, daß, wenn die meisten Menschen apathisch sind, ganz normale Menschen wie ich zu weit gehen müssen, ihr Leben ruinieren und sich zum Gegenstand des Gespötts machen lassen müssen, um ihr Anliegen zu vermitteln. Glaubten die Leute wirklich, daß ich lieber an einem verseuchten Fluß kampierte, als in meinem eigenen Wohnzimmer zu sitzen, umgeben von meinen eigenen Sachen?

Die Leute würden alles glauben.

Außer, anscheinend, die Wahrheit.

Ich war ein einsames Kind. Meine Eltern hielten mich für schwierig, ich war nicht das Kind, das sie sich gewünscht hatten. Ich war zu heftig, zu ungeschickt und zu still für ihren Geschmack. Am wohlsten fühlte ich mich draußen bei den Hunden. Eltern wollen sich in ihren Kindern fortgepflanzt sehen. Es tröstet sie, wenn sie eine Kopfbewegung oder eine Redeweise wiedererkennen. Wenn es keine Punkte des Wiedererkennens gibt, wenn das Kind wirklich und wahrhaftig fremd ist, tun sie ihr Bestes, es zu nähren und zu kleiden, aber sie lieben es nicht. Nicht mit der alles verändernden Art der Liebe.

Also lernte ich, allein zu sein und mich an der Dunkelheit zu freuen, in der niemand mich sehen und ich die Sterne betrachten und mir eine Welt ausdenken konnte, in der es keine Schwerkraft gab, keine bindende Kraft. Ich war nicht deshalb fett, weil ich gierig war; ich aß so gut wie nichts. Ich war fett, weil ich größer sein wollte als die Dinge, die größer waren als ich. Als alle Dinge, die Macht über mich hatten. Es war ein Kampf, den ich zu gewinnen beabsichtigte.

Es ist einleuchtend, nicht wahr, daß jemand, der ständig ignoriert und übersehen wird, sich so lange ausdehnt, bis man ihn bemerken muß, selbst wenn dieses Bemerken aus Angst und Widerwillen geschieht.

Ich stellte mir das Haus meiner Eltern als eine Muschel vor, die mich umschloß. Eine passende Umgebung für ein Fabelwesen, das Wärme und Nahrung in sich aufsaugen mußte, bis es bereit war, die Schale von sich abzuschütteln und auszubrechen. Wenn ich abends im Bett lag, fühlte ich, wie das ganze Haus mit mir ein- und ausatmete. Die Dachziegel, die Backsteine, die Wandvertäfelung, die Wasserrohre, alle waren sie meinem Rhythmus unterworfen. Ich war ein Monster in einem mit Teppichboden gepolsterten Ei.

Und schon geht es los, meine Schultern drücken gegen die Ecken des Zimmers, mein Kopf entrollt sich und läßt die Fenster zerspringen. Überall Glasscherben, der Garten von einem einzigen Fußabdruck zertrampelt. Mikromegas, 200 Meilen hoch.

Aber es gibt keine Rabelais'sche Dimension für Wut.

Als ich von zu Hause wegging, verlor ich, wie nicht anders zu erwarten, meine Pfunde, Schubkarren voller Pfunde. Zwei Schubkarren voll, um genau zu sein, wie ich mir ausgerechnet habe. Wo gingen sie hin? Wo kommen sie her und wo gehen sie hin? Es gehört zu den Geheimnissen der Materie, daß Fett erscheint und wieder verschwindet, und alles, woran man hinterher erkennen kann, daß es je da war, sind ein paar Dehnungsstreifen und ein paar überdimensionale Kleider.

»Du wirst es irgendwann verbrennen«, sagte meine Mutter immer wieder, und als ich noch ein Kind war, hatte ich Visionen, in denen ich einen großen Hochofen mit Fett schürte. Der Rauch, der aus dem Schornstein kam, kringelte sich wie ein Schweineschwanz.

Als die Pfunde dahingeschmolzen waren, fiel mir etwas Seltsames auf: nämlich, daß sie in meinem Kopf weiterhin existierten. Ich hatte ein Alter ego, das riesig und mächtig war, eine Frau, deren einzige Moral ihre eigene war und die sich nur wenigen Dingen gegenüber zur Loyalität verpflichtet fühlte, dies aber mit absoluter Leidenschaft. Sie war meine Schutzpatronin, die ich immer dann anrief, wenn ich das Gefühl hatte, durch einen Riß im Boden zu verschwinden oder mich auf der Straße allmählich in Luft aufzulösen. Wann immer ich sie anrief, fühlte ich, wie meine Muskeln sich dehnten und das Lachen meine Kehle füllte. Natürlich war es nur eine Phantasie, wenigstens zu Anfang...

Als Chemikerin mit einem guten Abschluß und als attraktive Frau, mit der die Männer gerne zusammenarbeiten, hätte ich an einer Universität lehren oder mir einen Job suchen können, in dem ich hinter den Kulissen wertvolle Arbeit geleistet hätte. Ich hätte nicht in die Umweltforschung gehen müssen. Sie ist ein in jeder Hinsicht unerfreulicher Bereich. Die großen Konzerne hassen einen und setzen ihre hauseigenen Wissenschaftler ständig darauf an, die Fakten zu diskreditieren, die man herausgefunden hat. In- und ausländische Regierungen lassen sich unendlich viel Zeit, bevor sie auch nur zur Kenntnis nehmen, was man sagt. Und dabei ist Langsamkeit noch das beste, worauf man hoffen kann. Offene Feindseligkeit und Vertuschungsversuche sind weitaus üblicher. Die Erde wird ermordet, und kaum jemand will es glauben.

»Warum gehst du nicht zu ICI?« sagte mein Vater. »Die bieten ihren Mitarbeitern Vorzugsaktien an.«

Ja, warum tue ich das nicht, oder zu Shell, oder Esso, oder Union Carbide, oder zur NASA?

Warum nehme ich nicht einfach die Vorzugsaktien und den Firmenwagen und die firmeneigene Altersversorgung und die private Krankenversicherung und das beruhigende Gehalt? Warum kampiere ich an einem Fluß und werde langsam, aber sicher verrückt? Meine Haut schält sich.

Ich bin lange allein gewesen, Tage und Nächte voller Zeit, so daß sich die Zeit nicht länger in den Einheiten messen läßt, an die ich gewöhnt bin, sondern meutert und verrückt spielt. Nicht mehr ich messe die Zeit, die Zeit mißt mich.

Dies ist beängstigend.

Oft schlafe ich den ganzen Tag und bin die ganze Nacht über wach – warum auch nicht, wo niemand da ist, der sich daran stören könnte.

Ich besitze einen Kalender und eine Uhr, und so kann ich vom Verstand her durchaus sagen, wo ich mich in diesem Ding, das Jahr genannt wird, gerade befinde. Aber meine persönliche Erfahrung sieht anders aus. Ich habe das Gefühl, schon Jahre hier zu sein. Natürlich wäre es ein leichtes, mir das wieder auszureden, aber man könnte mich nicht dazu bringen, es nicht mehr zu fühlen. Wie bringt man jemanden dazu, nicht zu fühlen? Und so geht mein stärkster Instinkt dahin, jede Logik über Bord zu werfen und statt dessen zu akzeptieren, was tatsächlich geschieht: daß die Zeit langsamer geworden ist. Wieso nicht? Unter bestimmten Umständen verlangsamt oder beschleunigt sich unser Puls, unsere Atmung verändert sich, der ganze Körper verändert seine Gewohnheiten, wenn es sein muß.

Es gibt so viele Märchen über Menschen, die kurz einnicken und aufwachen und sich in einer anderen Zeit wiederfinden. Äußerlich gesehen, verändert sich nichts für mich, aber innerlich bin ich nicht immer hier, sitze ich nicht immer an einem sterbenden Fluß. Ich kann immer noch entkommen.

Was entkommen? Der Gegenwart? Ja. Diesem Vordergrund, der mich blind macht für was immer in der Ferne geschehen mag. Wenn ich einen Geist habe, eine Seele, jede Bezeichnung ist mir recht, dann ist sie nicht einzählig, sondern vielzählig. Ihre Dimension ist keine Dimension der Beengtheit, sondern eine der Weite. Sie könnte in der Zukunft und in der Gegenwart zahlreiche veränderliche, verfallende Körper bewohnen.

Das kann ich natürlich nicht wissen. Ich suche nur nach einer Theorie, die zu den Fakten paßt. Das ist es nun einmal, was Wissenschaftler tun, obwohl Sie vielleicht das Gefühl haben, daß ich zu abgehoben bin.

Vielleicht bin ich das tatsächlich.

Ob vergiftet oder nicht, das Quecksilber hat mich dazu gebracht, so zu denken. Wenn man es fallen läßt, wabert es in Klonen seiner selbst über den ganzen Boden, aber hinterher kann man es wieder zusammenscharren, ohne daß Risse oder sonstige Spuren des Zerspringens zurückbleiben. Es ist ein einziges Leben oder zahllose Leben, je nachdem, was man will.

Was will ich?

Wenn ich träume, will ich ein Haus und einen Liebhaber und Kinder, aber daraus wird wohl nichts werden. Wer würde schon mit einem Monster zusammenleben wollen? Vielleicht sehe ich nicht mehr wie ein Monster aus, aber ich könnte nicht lange verheimlichen, daß ich eins bin. Ich würde hervorbrechen, meine Kleider sprengen, mit Tellern nach dem Milchmann werfen, wenn er mich angrinsen und »Hallo, Süße« sagen würde. Die Wahrheit ist, daß ich die Geduld mit dieser heuchlerischen, stinkenden Welt verloren habe. Ich kann sie nicht mehr ertragen. Ich kann nicht schmeicheln, lügen, schöntun, ich kann nicht einmal sehr viel lächeln. Was gibt es schon zu lächeln?

»Du gibst dir nicht genug Mühe«, sagte meine Mutter. »Es ist doch nicht so schlimm.«

Es ist so schlimm.

»Du bist hübsch«, sagte mein Vater. »Jeder Mann würde dich heiraten wollen.«

Nicht wenn er meine Augenlider zurückziehen würde, nicht wenn er in meine Ohren blicken würde, nicht wenn er mit einer Taschenlampe in meinen Hals leuchten würde, nicht wenn er mit einem Stethoskop auf meinen Herzschlag lauschen würde.

Er würde schreiend aus dem Zimmer rennen und sich den Kopf halten. Er würde SIE sehen, die andere, die in mir lauert. Sie paßt, obwohl sie so groß ist.

Einmal hatte ich Sex mit einem Mann: rein raus rein raus. Eine Geräuschkulisse aus Grunzern und ein langes Seufzen am Ende.

Er sagte: »Bist du gekommen?«

Natürlich bin ich nicht gekommen, hast du Masters und Johnson nicht gelesen?

Und dann schlief er ein, und sein Atem ging rein raus rein raus.

Später sagte ich: »Ich würde dich am liebsten verschlucken.«

»Ganz schön verwegen, was?« sagte er.

Ganz, meinte ich, mit Haut und Haaren, den Hals hinunter wie eine Auster, die Füße zuletzt, so daß sie in meinem Mund flappen wie die Flossen eines Tauchers. Jonas und der Wal.

Es ist nicht so, daß ich die Männer hasse, ich wäre nur froh, sie würden sich mehr Mühe geben. Sie wollen allesamt Helden sein, und alles, was wir wollen, ist, daß sie zu Hause bleiben und uns bei der Hausarbeit und den Kindern helfen. Aber das ist nicht die Art Heldentum, die ihnen Spaß macht.

»Du bist so negativ«, sagte meine Mutter.

Nein, bin ich nicht, du bist es. Du bist diejenige, die dasitzt und sich die Nachrichten anguckt und fabrikgezüchtetes Fleisch und batteriegelegte Eier ißt und endlose Plastikberge in Krater kippt, die aus der Landschaft herausgewühlt wurden. Was glaubst du denn, wo all der viele Müll hinkommt?

*

Ich weiß nicht, ob andere Welten im Raum oder in der Zeit existieren. Vielleicht ist dies die einzige, und alles andere ist blühende Phantasie. Aber es spielt so oder so keine Rolle. Wir müssen beide Möglichkeiten schützen. Sie scheinen voneinander abhängig zu sein.

Ich erinnere mich an eine Zeit, in der ich ein Schulmädchen war und von Tag zu Tag fetter wurde. Damals lebten wir in einer Sozialwohnung in der Upper Thames Street in London, in der Nähe des Flusses. Später hatten wir ein eigenes Haus, aber damals waren wir arm, eine Arbeiterfamilie. Meine Mutter vergißt immer, daß es je so war. Ich ging von der Schule nach Hause, allein. Ich ging über die Embankment und beobachtete die Boote auf dem Fluß. Darunter war ein Theaterboot, auf dem ein Stück mit Punch und Judy aufgeführt wurde. Mr. Punch schlug das Baby, und Judy versuchte, ihn zu erwürgen, und Toby, der Hund, trug eine weiße Halskrause.

Ich wollte nicht nach Hause gehen. Ich wollte die ganze Nacht draußen bleiben und mir ein Bett am Fluß machen und ein Feuer anzünden. Ich stieg die Stufen der Waterloo Bridge hinauf, ohne auf den tosenden Verkehr zu achten, damit ich auf der einen Seite die St. Paul's Kathedrale und auf der anderen Westminster sehen konnte. Es war nicht einfach: alle wollten nach Hause, die Aussicht war ihnen egal. Es war Herbst, und die Sonne ging früh unter, und die Luft war kalt und beißend. Es gefiel mir, wie sie in meiner Nase schmerzte und vor mir Muster zeichnete, wenn ich ausatmete. Ich beobachtete, wie die Sonne hinter den Gebäuden verschwand, und während ich mich konzentrierte, verschwanden die quietschenden Autos und die drängelnden Leute und die Gerüche nach Gummi und Auspuffgasen. Ich hatte das Gefühl, an einem anderen Nachmittag allein zu sein.

Ich sah auf meine Unterarme, die auf der Mauer ruhten. Sie waren gewaltig, wie Oberschenkel, aber da war keine Mauer, sondern eine hölzerne Stange, und als ich mich umdrehte, konnte ich die Kuppel von St. Paul's nicht mehr sehen.

Statt dessen sah ich klapprige Gemüseboote und streitende Frauen und ein Regiment zu Pferd, das die Themse überquerte.

Ich mußte nach Blackfriars, jemand wartete dort auf mich.

Wer? Wer?

Seitdem wache ich nachts auf und rufe: »Wer? Wer?« wie eine Eule.

Wieso kommt dieser Tag immer wieder zu mir zurück, während ich an einem sterbenden Fluß sitze und das Feuer meine einzige Gesellschaft ist?

Morgen. Draußen auf dem Meer liegt das Schiff vor Anker. Jordans Ruderboot ist hoch auf den Strand gezogen. Das Feuer qualmt, es muß lodern, wenn er aufwacht. In der Hölle werden die Feuer ewig lodern, dort wird es kein Suchen nach Treibholz am Strand geben.

Als Jordan sich regt, habe ich bereits eine Menge Strandgut gesammelt und bin dabei, Austern mit meinem kleinen Messer zu öffnen – es ist ein gutes Messer mit einem Griff aus Ebenholz. Ich habe es von einem toten Sir Irgendwas, der, wie es sich so traf, Puritaner war. Das war, bevor ich mich selbst reformierte. Nach dem vorzeitigen Ende von Prediger Scroggs und Nachbar Firebrace gelobte ich, ein ruhiges Leben zu führen und meine natürliche Begabung für das Morden im Zaum zu halten. Ich halte mich nicht für eine Verbrecherin und würde mich in der Tat gegen jeden Versuch verwehren, mich in Newgate einzusperren. Meine Handlungen waren nicht von Gewinnsucht motiviert, sondern vom Streben nach Gerechtigkeit, und ich habe meine Seele erforscht und bin zu dem Schluß gekommen, daß durch meine Hand kein einziger Mensch gestorben ist, der lebendig besser dran gewesen wäre. Als Beweis, falls jemand Beweise braucht, will ich die brave Frau von Prediger Scroggs anführen, sie, deren einziges Vergnügen sein Glied war, das sich durch ein Laken bohrte. Als sie die Nachricht vom Tod ihres Mannes hörte (ich war zu rücksichtsvoll, um ihr die genauen Umstände zu schildern), hob sie die Hände zum Himmel und dankte Gott für seine Barmherzigkeit. Und meine Bescheidenheit ist dergestalt, daß ich ihr die irrtümliche Dankesbezeugung an die Adresse unseres Erlösers nicht verübelte. Ich selbst wollte keinen Dank, und unserem Herrn wird schließlich oft genug verwehrt, was ihm zusteht. Sie packte auf der Stelle ihre Sachen und zog zu ihrer unverheirateten Schwester in den Flecken Tunbridge Wells. Ich sah ihr nach, und meine Augen füllten sich mit Tränen, als ich daran dachte, was sie gelitten hatte und von welchen Schrecken sie nun erlöst war.

Und falls sich am Tag des Gerichts herausstellen sollte, daß ich mich das eine oder andere Mal doch geirrt habe, so weiß ich, daß der Herr mich in seine Arme nehmen wird, so wie er es mit der Frau tat, die beim Ehebruch ertappt wurde, und fragen wird: »Wer wirft den ersten Stein?«

Als Jordan und ich jeder sechsunddreißig Austern verzehrt hatten, sagte er, er müsse unverzüglich noch London aufbrechen, um dem König seine seltenste Kostbarkeit zu überbringen.

»Ich habe sie hier«, sagte er. »In diesem Beutel. Aber nicht mehr lange, und sie wird verderben.«

»Also kein Gold?« sagte ich enttäuscht.

Er lachte und versicherte mir, es gäbe reichlich Gold auf dem Schiff.

»Zeig mir dein Wunder«, sagte ich.

Er wickelte seinen Beutel so sanft aus, wie ich ihn an jenem ersten Tag an der suppenfarbenen Themse ausgewickelt hatte.

»Ich denke, daß es eine weitere Frucht ist«, sagte ich, als ich die Haut betrachtete, die wie die eines Reptils war, und die stachelige grüne Krone, die einem Kobold in der Hölle alle Ehre gemacht hätte.

»Eine weitere Frucht?« Er sah mich verwirrt an. Also erzählte ich ihm von der Reise, die wir damals unternommen hatten, um die erste Banane zu besuchen, und was für ein Schock sie in Farbe und Form gewesen war.

»Seit jenem Tag«, sagte ich, »gibt es keine Frucht und kein Gemüse, das mich aus der Fassung bringen könnte.«

»Ich erinnere mich an jenen Tag«, sagte er.

Dann sprang er auf und fing an, seine Sachen zusammenzusuchen.

»Wir werden uns in der Stadt Pferde mieten.«

»Und was für ein Pferd soll mich tragen?«

Nach einigem Hin und Her einigten wir uns darauf, daß wir die Kosten einer Kutsche auf uns nehmen würden. Es ist meine Gewohnheit, alle Wege zu Fuß zurückzulegen, aber als Mutter eines nach Hause zurückgekehrten Helden hielt ich es für unrühmlich, zwei Tage nach meinem Sohn nach London zu hinken und mein eigenes Gepäck zu tragen.

»Ist deine Halskette auch eine Kostbarkeit?« fragte ich unter Vortäuschung eines nur geringen Interesses. Er sah mich scharf an und unterbrach seine Geschäftigkeit.

»Ich habe sie von einer Frau, die nicht existiert. Ihr Name ist Fortunata.«

»Ich habe einmal einen italienischen Prinzen dieses Namens gekannt«, sagte ich.

Jordan sah aufs Meer hinaus. »Es war ein Tag wie dieser, den sie beschrieb, als sie mir die Geschichte von Artemis erzählte, und wieso sie in ihren Diensten ist.«

»Erzähl sie mir«, sagte ich. »Es ist gerade erst hell geworden.«

Die Göttin Artemis erbat sich von ihrem Vater, König Zeus, Pfeil und Bogen, einen kurzen Kittel und eine Insel für sich allein, frei von Beeinträchtigungen. Sie wollte nicht heiraten, sie wollte keine Kinder haben. Sie wollte jagen. Jagen tat ihr gut.

Am nächsten Morgen hatte sie gepackt und machte sich auf den Weg, um ein neues Leben in den Wäldern anzufangen. Bald schon verbreitete sich die Nachricht von ihrem Ruhm, und andere Frauen gesellten sich zu ihr, aber Artemis machte sich nichts aus Gesellschaft. Sie wollte allein sein. In ihrer Einsamkeit fand sie etwas sehr Seltsames heraus. Sie hatte die Männer um ihre langbeinige Freiheit beneidet, die Erde zu durchstreifen und ruhmbedeckt zu ihren Frauen zurückzukehren, die nichts taten als warten. Sie wußte alles über die Helden und über die Hüterinnen des Hauses, über die große Teilung, die das Leben erst möglich macht. Ohne dies alles abzulehnen, hatte sie einfach gehofft, die Freiheiten der anderen Seite übernehmen zu können, aber was, wenn sie die Welt und die sieben Meere wie ein Held durchreiste? Würde sie etwas anderes finden, oder nur die alten Dinge in unterschiedlicher Verkleidung?

Bei den Alchemisten gibt es das Sprichwort: »Tertium non datur.« Ein Drittes besteht nicht. Es bedeutet, daß die Umwandlung von einem Element in ein anderes, von wertlosem Material in bestes Gold, ein Prozeß ist, der nicht dokumentiert werden kann. Er ist ganz und gar rätselhaft. Niemand weiß wirklich, was die Veränderung bewirkt. Genauso ist es mit dem Geist, der ohne die geringste Bewegung aus seinem Gefängnis auf eine weite Ebene gelangt. Wir können nur vermuten, was geschehen ist.

Eines Abends, als Artemis ihre Beute verloren hatte, zündete sie ein Feuer an und versuchte, ein wenig zu ruhen, aber die Nacht war voller Schatten und Streiche. Sie sah sich selbst am Feuer, als Kind, als Frau, als Jägerin, als Königin. Als sie die Arme nach dem Kind ausstreckte, verlor sie die Frau aus den Augen, und als sie ihren Bogen zog, floh die Königin. Was hatte es für einen Sinn, die Welt zu durchqueren und jedes lebende Wesen zu jagen, solange ihre verschiedenen Ichs sich ihr entzogen? Am Ende, wenn niemand mehr übrig war, würde sie sich selbst gegenübertreten müssen.

Dann kam Orion.

Er wanderte eines Tages in Artemis' Lager, scheuchte ihre Hunde durcheinander und brüllte wie ein billiger Schauspieler, eine Klappe über dem rechten Auge, den linken Arm in einer Schlinge. Sie war ungefähr eine Meile entfernt, um Wasser zu holen. Als sie zurückkam, sah sie diesen riesigen Klotz von einem Mann, der gerade ihre Ziege verspeiste. Roh. Als er fertig war, rülpste er laut, den Mund noch mit frischem Fett verschmiert, und schlug vor, einen Spaziergang zum Meer zu machen. Artemis wollte nicht, hatte aber Angst. Sein Ruf umwehte ihn wie schlechter Atem. Schließlich war er daraus hervorgegangen, daß drei der Götter gut gelaunt auf eine Ochsenhaut gepinkelt hatten. Und er war ein großer Jäger.

Die zerklüftete Küste, von Felsen übersät und dunkel vor Seetang, erinnerte ihn an seine Abenteuer, und er erzählte ihr in allen Einzelheiten davon, während die Flut bis an Artemis' Taille stieg. Es gab keinen Ort, an dem er nicht gewesen war, nichts, was er nicht gesehen hatte. Er war schneller als ein Hase und stärker als ein Paar Bullen. Er war so gut wie ein Gott.

»Du stinkst«, sagte Artemis, aber er hörte sie nicht.

Schließlich erlaubte er ihr, aus dem höher steigenden Wasser herauszuwaten und ein Feuer für sie beide anzuzünden. Er wollte nicht, daß sie sprach, er wußte alles über sie, er hatte sie gesucht. Sie war eine Kuriosität; er war berühmt. Was für eine Ehe.

Aber Artemis sprach dennoch. Sie sprach von dem Land, das sie liebte, und von seinen täglichen Veränderungen. Hier wollte sie bleiben, bis sie zum Gehen bereit war. Das Reisen an sich war nicht genug. Sie stand auf, um sich zu verabschieden. Sie drehte sich um.

Orion vergewaltigte Artemis und schlief ein.

Sie dachte jahrelang darüber nach. Es dauerte nur ein paar Augenblicke, und ihre einzige Empfindung waren die mit Sand verklebten Haare auf seinem Bauch.

Ihre Rache war schnell und einfach. Sie tötete ihn mit einem Skorpion.

In einer einzigen Nacht können 200000 Jahre vergehen, die Zeit bewegt sich nur in unseren Köpfen. Die immer wiederkehrenden Merkmale der Jahreszeiten, das so geliebte und ständigen Veränderungen unterworfene Land, sie gehen draußen weiter, während uns im Inneren Lichtjahre unter völlig anderen Himmeln herumwirbeln.

Artemis, die neben dem toten Orion liegt, sieht ihre Vergangenheit durch eine einzige Tat verändert. Die Zukunft ist intakt, immer noch ungetilgt, aber die Vergangenheit ist untilgbar. Sie ist nicht die, für die sie sich hielt. Jede einzelne Handlung und jede einzelne Entscheidung hat sie hierher geführt. Der Augenblick hat auf sie gewartet, wie die oberste Stufe der Treppe auf den Schlafwandler wartet. Sie ist gestürzt, und jetzt ist sie wach.

Auf dem Strand bildeten die Wellen Pfützen der Dunkelheit um Artemis' Füße. Sie ließ das Feuer nicht ausgehen, wärmte sich und fühlte, wie Orion langsam kalt wurde.

Der feurige Kreis, der sie umgab, enthielt alle Hinweise, die sie brauchte, um zu erkennen, daß das Leben für einen Augenblick in einer bestimmten Form enthalten ist und dann in eine andere übergeht. Denkmäler und Städte würden ebenso vergehen wie die Menschen, die sie gebaut hatten. Keine Ruhestätte und kein Palast konnten die Lichtjahre überdauern, die in der Zukunft lagen. Es gab keine Geschichte, die nicht umgeschrieben werden würde, und die frühesten Tage waren bereits zu weit entfernt, als daß man sie noch hätte sehen können.

Was würde die Geschichte aus dieser Nacht machen?

Diese Nacht ist klar und kalt, der Wind peitscht die Wellen zu Kronen. Der Schaum hinterläßt Schneckenspuren in der Form ungefährer Dreiecke auf dem Sand. Der Salzgeruch sträubt die Härchen in ihrer Nase. Ihre Lippen sind trocken. Die Sterne zeigen ihr, wie man von nichts gehalten im Raum hängt. Ohne Orden oder Zertifikate oder eigene Ländereien kann sie brennen, wie die Sterne es tun, durch die Zeit reisen, bis die Zeit keine Bedeutung mehr hat.

Es ist fast hell. Sie will wachliegen und beobachten, wie die Nacht verblaßt und die Sterne verblassen, bis das erste Graublau den Himmel schiefert. Sie will sehen, wie die Sonne das Wasser durchteilt, aber sie kann nicht für alles wach bleiben; einige Dinge müssen ihr entgehen. Und so sieht sie nicht, wie die Echsen kommen, um nach Nahrung zu suchen, oder wie Orions Augen über Nacht glasig wurden. Ein kleiner Vogel setzt sich auf seine Schulter und versucht, eine Strähne seiner berühmten Haare zu stehlen.

Artemis wartete, bis die Sonne aufgegangen war, bevor sie das Feuer ausscharrte. Sie trug Felsen und Steine herbei, um Orions Körper vor den Adlern zu schützen. Sie errichtete einen hohen Hügel, der den donnernden Wind brach, der die Küste peitschte. Es war ein stürmischer Tag, schwarze Wolken und eine dicke, am Horizont glänzende Orange. Als sie fertig war, hatte der Regen sie bis auf die Haut durchnäßt. Ihre Hände bluteten, die Haare wehten ihr in den Mund. Sie war hungrig, aber nicht mehr zornig.

Der Sand, der gestern blond gewesen war, war jetzt braun vor Nässe. So weit sie sehen konnte, war das graue Wasser weißgerändert, und darüber segelten die Raubvögel. Einsame Schreie, und auch sie war einsam, sehnte sich, nicht nach ihren Freunden, sondern nach einer Zeit, der keine Gewalt angetan worden war. Das Meer war hypnotisch. Weder Wind noch Kälte konnten sie von der Stelle vertreiben, an der sie saß, so wie jemand, der wartet. Sie wartete nicht, sie erinnerte sich. Sie versuchte herauszufinden, was sie hierher geführt hatte. Was in ihr selbst. Ein Drittes besteht nicht. Sie wußte nur, daß sie die Grenzen des gesunden Menschenverstandes erreicht und überschritten hatte. Sie war jetzt in Sicherheit. Keine Sicherheit ohne Risiko, und die Risiken, die man eingeht, sind Beweis für das, was man wirklich schätzt.

Sie stand auf und ging fort, ohne einen Blick zurück, wohl aber wissend, daß ihre Füße Abdrücke im Sand hinterließen. Schließlich, als sie das Gebirge erreicht hatte, nach einem anstrengenden Aufstieg zu der Stelle, wo der Wald den steilen Grat säumte, drehte sie sich um und sah in die Ferne, sah die Umrisse von Orions Hügel, gerade noch sichtbar, und ihre eigenen Schritte, die davon fortführten. Dann war es völlig dunkel, und sie konnte nichts mehr sehen, was sie an die vorige Nacht erinnerte, mit Ausnahme der Sterne.

Auf unserem Weg nach London entschuldigte sich Jordan dafür, daß er so wenig redete.

»Es war nie meine Art«, sagte er. »Genausowenig wie deine.«

Das erstaunte mich, da ich mich gerne für eine heitere Person halte, die immer eine lebendige Unterhaltung parat hat. Hatten Jordan und ich nicht endlos geredet, als er noch ein kleiner Junge war?

Dann sagte er: »Auf meinen Reisen habe ich einen indianischen Stamm besucht, der unter dem Namen Hopi bekannt ist. Ich konnte ihre Sprache nicht verstehen, aber sie hatten einen alten Europäer bei sich, einen Spanier, glaube ich, obwohl er Englisch mit uns sprach. Er sagte, er sei von diesem Stamm gefangengenommen worden und lebe jetzt als einer von ihnen. Ich bot ihm eine Passage nach Hause an, aber er lachte mir ins Gesicht. Ich fragte ihn, ob ihre Sprache Ähnlichkeit mit dem Spanischen hätte, und er lachte erneut und sagte, phantastischerweise, ihre Sprache hätte keine Grammatik, so wie wir sie kennen würden. Am bizarrsten war jedoch, daß sie keine Formen für Vergangenheit, Gegenwart und Zukunft kennen. Sie empfinden die Zeit nicht auf diese Weise. Für sie ist die Zeit eins. Der alte Mann sagte, es sei unmöglich, ihre Sprache zu lernen, ohne ihre Welt zu lernen. Ich fragte ihn, wie lange er dazu gebraucht habe, und er sagte, diese Frage habe keine Bedeutung.«

Danach setzten wir unseren Weg schweigend fort.

Während sich Jordan im »Crown of Thorns« umkleidete, um dem König seine Ananas zu überbringen, beschäftigte ich mich so, wie eine brave Frau es sollte, säuberte die Hütte und striegelte die Hunde. Er hatte sein Zuhause lange nicht gesehen, und ich wollte ihn überraschen, denn ich selbst habe es in den letzten Jahren in der Welt zu etwas gebracht. Ich habe angefangen, meine Hunde an den Adel zu verkaufen, und hoffe, den

König heute abend für einen prachtvollen Jagdhund zu interessieren, mit Ohren, die quer durch zwei Grafschaften hören, und Beinen, die jede Konkubine neidisch machen könnten. Ich habe vor meiner Hütte einen Teil des Gartens abgezäunt, und mit all den Fertigkeiten, die ich in den sechs Jahren in Wimbledon von Tradescant erlernt habe, habe ich ein hübsches Stück Grün geschaffen, mit einem wilden Wein, der sich an der Seitenwand emporrankt.

Ich beabsichtige, den Hund unter meinen Röcken zu verstecken, und wenn ich dem König vorgestellt werde, werde ich ihn ein wenig herauslassen und mich seiner Gnade unterwerfen und so tun, als hätte ich nicht gewußt, daß der Hund da ist. Und dann, wenn alles so geht, wie es von Rechts wegen gehen sollte, wird der König den Kopf des Hundes wiegen, und den eifrigen Schnitt seines Körpers bemerken und seinen Schwanz, der wie eine Wetterfahne im Wind steht. Dann wird er mich fragen, ob er ihn kaufen kann, und ich werde mich zieren, so gut ich kann, und mich immer wieder weigern und sagen, daß er nur ein Schoßhund ist. Der Preis wird in die Höhe gehen, das weiß ich genau, und der ganze Rest der dummen Schafe wird es dem König nachtun und mehr Hunde bestellen, als ich züchten kann. Ich merke immer mehr, daß ich eine natürliche Begabung für geschäftliche Unternehmungen habe. Sie war schon immer in mir, aber gedämpft, denke ich, durch meine Mütterlichkeit und mein drängendes Bedürfnis, Schurken aus der Welt zu räumen.

Dieses kinderlose, stille Leben hat auch etwas für sich.

Und jetzt schlagen die Glocken, und ich muß meine Perlen umlegen und mich für Jordan bereit machen. Ich habe mir den Hals gewaschen.

Jack sagte: »Das Problem mit dir ist, daß du nie an deine Zukunft denkst, Nicolas, du lebst einfach in den Tag hinein.«

Er besuchte mich an Bord der *HMS Gauntlet*. Er war klug und selbstsicher. Er war der jüngste Börsenanalytiker der City. Ich sah ihn nachsichtig an, und er fuhr fort.

»In einem Jahr oder so wirst du aus der Marine entlassen, und du hast immer noch keine Ahnung, was du dann machen willst. Aus dir wird noch einmal ein richtiger Verlierer, Nicolas, ich versuche doch nur, dir zu helfen.«

»Erinnerst du dich an unsere Nachmittage im Park, Jack? Du hattest immer deine Computerzeitschriften dabei, und die *GP*s deines Vaters. Einmal hast du dir einen Windschutz aus Segeltuch mitgebracht und hast dich hingelegt und dir die Sonne ins Gesicht scheinen lassen.«

»Und du hattest immer diese Bootsdinger dabei.«

»Das hier ist auch ein Bootsding, Jack, nur größer.«

»Du kannst ein Hobby doch nicht zum Beruf machen, Nicolas.«

Und du? Und du?

Ich versuchte, ihn zu verstehen, als er mit gerunzelter Stirn an meinem Tisch saß und mit den Zeitungen knisterte, die er aus seiner Aktentasche gezogen hatte. Draußen verschmierte Schneematsch das Fenster.

»Wenn du es wirklich wissen willst, so trage ich mich mit dem Gedanken, die Welt zu umsegeln. Auf derselben Route, die Drake mit der *Golden Hind* genommen hat. Allein.«

Jack hob den Kopf und schenkte mir ein Flackern der Aufmerksamkeit.

»Wirst du einen Rekord brechen?«

»Woher soll ich das wissen?«

Er sprang auf und knallte die Zeitung auf den Tisch.

»Siehst du jetzt, was ich meine? Selbst wenn du die Chance hast, etwas Nützliches zu tun, tust du es nicht. Was hat es denn für einen Sinn, um die verdammte Welt zu segeln, wenn du keinen Rekord brichst? Du könntest mit einem Flugzeug um die Welt fliegen, wenn das alles ist, was du willst.«

»Ich will sie aber umsegeln. Früher glaubte man, oder wenigstens glaubte Christoph Kolumbus, daß die Welt zu fünf Sechsteln aus Land und zu einem Sechstel aus Wasser besteht. So steht es auch im Buch Esdras, einem der apokryphischen Bücher. Aber sie besteht zu zwei Dritteln aus Wasser. Das wüßte man nicht, wenn man immer nur fliegen würde. Flugzeuge geben einem das Gefühl, daß die Welt solide ist.«

»Und du gibst mir das Gefühl, daß die Welt in zwei Arten von Leuten eingeteilt ist. Die, die genügen, und die, die nicht genügen.«

»Und ich genüge nicht, Jack?«

Er antwortete nicht, er starrte die Zeitung an. Dann fluchte er. »Verdammt. Irgend so eine verdammte Frau macht schon wieder Ärger!«

Er fing an, durch die Kabine zu stürmen und mit seiner zusammengerollten Zeitung nach den Schneeflocken zu schlagen, die draußen am Fenster klebten.

»So wirst du sie nie treffen«, sagte ich. »Sie sind auf der anderen Seite.«

Es war das Falscheste, was ich sagen konnte. Er stürzte sich in eine Tirade gegen uns alle, die wir den Fortschritt und die Industrie und den freien Markt behinderten.

»Die dumme Gans kampiert an irgendeinem winzigen Bach

mitten im Nirgendwo und jammert den Leuten was von Quecksilberkonzentrationen vor. Was will sie bloß? Glaubt sie vielleicht, daß die Industrie einfach ihren Kram einpacken und nach Hause gehen kann? Irgendwo müssen sie das Zeug schließlich lassen. Und immerhin ist es nicht so, als würden sie es in die Themse kippen.«

Auf die Gefahr hin, mich wie Buddha anzuhören, sagte ich: »Alle Flüsse fließen ins Meer.«

Er hörte mich nicht. Er schlug die Zeitung wieder auf.

»Die wollen eine Fernsehsendung über sie machen, und es wird eine Untersuchung geben. Verdammt, diese Medien sind so was von verantwortungslos. Die Leute sind dumm. Sie geraten in Panik. Und bevor man weiß, was los ist, verkaufen sie ihre Aktien, und die Firma kann den Bankrott anmelden. Und weswegen? Wegen einer verrückten Hausfrau und ein paar Fischen.«

»Ich weiß nicht, was mit dir los ist, Jack.«

Er kam näher und drehte den Stuhl um, damit er sich auf Cowboyart setzen konnte.

»Ich will dir sagen, was mit mir los ist. Ich arbeite zwölf, fünfzehn Stunden am Tag in einem Bereich, in dem ich gut bin, und ich habe die Nase voll von neugierigen Leuten, die ihre Nasen in die privaten Angelegenheiten absolut respektabler Firmen stecken. Alle wollen Arbeit und Geld haben. Was glauben die Leute eigentlich, wie wir Arbeitsplätze und Geld machen? Es gibt immer irgendein Resultat, irgendeine Konsequenz, die wir lieber nicht hätten, aber wir haben sie nun einmal, so ist das Leben nun einmal.«

Er sah auf seine Uhr. »Ich muß jetzt gehen. Kommst du irgendwann zum Essen?«

Ich nickte. Er warf mir seine Zeitung zu. »Hier, informiere dich wenigstens über die Welt, wenn du schon nichts damit zu tun haben willst.«

Als er gegangen war, strich ich die zerknitterte Zeitung glatt und versuchte, den Artikel zu finden, der ihn so aufgeregt hatte. Ich erinnerte mich an etwas, was er gesagt hatte, nachdem ich beschlossen hatte, zur Marine zu gehen – was war es nur gewesen?

»Typisch für dich, *nach* der Falkland-Krise zur Marine zu gehen.«

Ich las den Artikel. Die Frau, um die es ging, war zweifelsohne eine Heldin, oder? Helden geben auf, was bequem ist, um zu schützen, woran sie glauben, oder um zum Wohl der Gemeinschaft Gefahren auf sich zu nehmen. Sie tat genau das. Weshalb also wurde sie verfolgt? Der Artikel sagte, ihr Zelt sei rätselhafterweise bereits mehrmals beschossen worden. Ich versuchte, sie anhand ihres Photos zu verstehen. Sie war hübsch; ich hatte das Gefühl, sie zu kennen, obwohl das nicht möglich war. Bevor ich mir darüber klar wurde, was ich tat, war ich aufgestanden und hatte meinen Rucksack heruntergeholt.

Ich würde sie finden.

Die Strafe Gottes für den Mord am König ist über uns gekommen. London wird von der Pest dahingerafft. Die Stadt ist voll von Toten. In jedem Haus liegen Leichen, und in einer Straße ein Stück südlich von hier sind nur noch Tote übrig. Die Häuser sind verlassen, nachts schlagen ihre Fensterläden offen hin und her.

Ich wollte einer kranken Freundin ein wenig Suppe bringen,

und als ich gegen die Tür trat, um sie zu öffnen, sah ich, wie der Leichenkarren langsam durch die Straße kam und sich unterwegs immer mehr füllte. Die Männer, die ihn schoben, waren Sträflinge. Wenn sie ihre tägliche Arbeit überlebten, erhielten sie am Ende eines Monats ihre Freiheit zurück. Newgate leerte sich zusehends, aber kein Verbrecher freute sich seiner neugefundenen Freiheit.

Die Männer waren tief gebeugt, die Straße zerfurcht und voller Schlaglöcher, und je schwerer der Karren wurde, desto schwerer fiel es ihnen, ihn zu bewegen. Sie waren selbst ausgezehrt und zerlumpt, und einer von ihnen hatte den grünlichen Schimmer, der ein sicheres Zeichen der Fäulnis ist.

Ich stellte meine Suppe ab und ging hin, um ihnen zu helfen. Ich fürchte mich nicht vor der Pest. Mein Körper ist zu groß, als daß er durch den Schwarzen Tod besiegt werden könnte, und wenn dies eine Strafe für uns alle ist, dann bin ich sicherlich die letzte, die bestraft werden wird?

Ich ging in die Häuser und zog die Leichen heraus, die bereits steif und starr waren. Die meisten waren in schmutzige Decken gehüllt, aber einige lagen in der Haltung des Gebets auf den Knien. Sie boten einen grausigen Anblick, wie sie mit gefalteten Händen auf dem Karren lagen.

Als wir das Haus meiner Freundin erreichten, ging ich mit der Suppe hinein und erwartete, sie so vorzufinden, wie ich sie verlassen hatte, geschwächt, aber in einem leidlichen Zustand. Sie war tot.

Die Karrenschieber waren inzwischen so erschöpft, daß wir uns gemeinsam an den Tisch setzten und die Suppe aßen.

»Wo bringt ihr die Leichen hin?« fragte ich.

»Zum Verbrennen«, sagten sie. »Es gibt keine andere Möglichkeit. Sie müssen verbrannt werden. Die Totengräber haben keine Kraft mehr, es sind zu viele für sie. Nur die Reichen können sich noch begraben lassen. Für uns bleibt nur die Grube.«

Ich ging mit ihnen zur Grube, meine Freundin über der Schulter. Ich wollte, daß ihr Abschied würdevoller war, als es auf dem Karren möglich gewesen wäre. Je näher wir kamen, desto gräßlicher wurde der Gestank. Dunkler Rauch kräuselte aus einem Krater von der Art, wie es sie auf dem Mond geben muß. Rund um die Grube standen zahllose Karren, die in regelmäßigen Abständen hineingekippt wurden. Kaum daß sie leer waren, rollten die elenden Karrenschieber sie auch schon zurück in die fauligen Straßen.

Mir die Nase mit der einen Hand zu- und meine Freundin mit der anderen festhaltend, ging ich hin und sah in die Grube hinein. Sie war sehr tief und kreuz und quer mit riesigen Holzscheiten gefüllt, gelegentlich sogar ganzen Bäumen. Dazwischen, manchmal in ihren Ästen verfangen, waren die Arme und Beine und Köpfe der Toten zu sehen.

»Wie eine Vision der Hölle«, sagte ich.

Neben mir stand ein Mann, der eine gewisse Verantwortung für die ganze Sache trug.

»Es ist in der Tat die Hölle, und was wir hier machen, ist Arbeit für Dämonen. Das Feuer muß unaufhörlich brennen, um die Fäulnis der Leichen zu reinigen. Sollte es einmal ausgehen, müssen meine Männer und ich die Treppe hinuntersteigen, die dort drüben eingekerbt ist, und die Flammen mit dem Blasebalg wieder anfachen. Wir haben im Inneren des Kraters einen Sims angelegt, auf dem wir stehen können. Auf diese Weise können wir ganz um ihn herumgehen und wenn nötig jene hineinstoßen, die zu dicht an der Luft sind.«

»Ich habe meine Freundin hergebracht«, sagte ich.

»Dann müssen Sie sie jetzt in die Grube werfen und nicht zurückblicken.«

»Ich werde sie hinuntertragen. Es ist würdelos, einfach so weggeworfen zu werden.«

Er versuchte, mich wegen der gräßlichen Hitze von meinem

Vorhaben abzubringen, aber ich stieg Stufe um Stufe hinab, mit vor Rauch und Dämpfen tränenden Augen. Als ich den Sims erreichte, ging ich um ihn herum, bis ich einen stillen, freundlichen Ast erblickte, den die Flammen noch nicht erfaßt hatten. Ich beugte mich vor, legte meine Freundin auf diesen Ast und stieg wieder hinauf. Die finsteren Arbeiter sahen mich schweigend an und wandten sich wieder ihrer grausigen Arbeit zu.

Als ich nach Hause kam, lag Jordan im Fieberwahn in seinem Bett. Er konnte kaum sprechen, und wenn er es tat, sprach er von wilden Orten und seltsamen Bräuchen, und immer wieder wiederholte er: »Fortunata, Fortunata.«

Ich bin eine Frau, die sich zu helfen weiß, und ich glaube, daß ich fast alles möglich machen kann, solange es in den Bereich der Sterblichen fällt, aber ich konnte keine Frau finden, die nicht existierte.

In meiner Verzweiflung ging ich zum Hundezwinger und rüttelte mit beiden Händen daran, bis meine Nachbarin ihren Kopf heraussteckte und fluchte, wie es nie in weiblicher Gesellschaft vernommen werden sollte.

»Du mußt mir meine Freundlichkeit vergelten«, sagte ich. »Mein Junge stirbt. Er muß leben.«

Sie fing an zu kichern und zu gackern und irgendwelchen Unsinn über jene zu murmeln, die den Willen Gottes akzeptieren müssen, und wollte schon wieder hineingehen, als ich sie an der Taille packte und hoch über meinen Kopf hielt.

»Mach ihn gesund«, sagte ich, so höflich es eben ging. »Sonst weiß ich nicht, wozu mütterlicher Zorn fähig ist.«

Dann stellte ich sie wieder ab und ging zurück in die Hütte, um Jordans Kopf zu baden und ihn mit Orangen zu füttern. Er hätte ein Lord sein können, wenn er es gewünscht hätte. Der König hatte ihn mit Ehren überhäufen wollen und hätte ihm jedes Schiff gegeben, damit er die Meere befahren konnte. Aber Jordan wollte nicht. Er sagte, er wolle am Fluß sitzen und die Boote beobachten. Was für Blicke er dafür einheimste; die Leute konnten ihn nicht verstehen, und manch einer flüsterte, er habe in den dreizehn Jahren in der Ferne den Verstand verloren. Andere sagten, sein Herz sei gebrochen. Ich hörte ihnen zu und gab nicht allzuviel auf ihr Gerede, denn reden die Leute nicht ständig, statt lieber still zu sein?

In der Nacht kam sie mit einem übelriechenden Topf mit einer merkwürdigen Flüssigkeit und stellte sie auf den Herd.

»Er soll sie trinken, darin baden und in ihrer Nähe schlafen.« Das war alles, was sie sagte, bevor sie zu ihrem Lager aus Knochen zurückhuschte. Ich hörte sie in der Dunkelheit knirschen.

Wir taten, was sie gesagt hatte, und nach ein paar Tagen ging Jordans Fieber zurück, und er war wohl genug, ein Kotelett zu essen.

»Wir sollten ihr danken«, sagte er und brachte ihr einen Rubin. Sie hielt ihn gegen das Licht und betrachtete ihn mit zusammengekniffenen Augen, und als sie sich vergewissert hatte, daß er echt war, murmelte sie etwas über seine guten Eigenschaften für das Blut und verspeiste ihn. Jordan und ich waren wie vor den Kopf gestoßen, gingen aber ohne ein Wort wieder hinaus.

Als die Pest im Jahre 1665 vorbei war, war London sehr viel ruhiger, und es waren jede Menge Häuser zu haben. Es gefiel mir, zum Markt zu gehen, ohne mich durch einen gottlosen Strom närrischer Personen drängen zu müssen. Aber eine seltsame Krankheit war über mich gekommen, keine des Körpers, sondern eine des Geistes. Ich glaubte immer noch, wo immer ich ging und stand, den Gestank zu riechen. Ich konnte den Geruch des Todes einfach nicht loswerden und fing an, London für einen Ort voller Schmutz und Pestilenz zu halten, der nie wieder rein sein würde.

»Gottes Rache ist immer noch über uns«, sagte ich zu Jordan. »Wir sind korrupt, und unsere Stadt ist korrumpiert. Es ist nichts übrig, was heil oder schön wäre…«

Dann verkündete Jordan, plötzlich und ohne jede Vorwarnung, daß er die Absicht habe, wieder in See zu stechen, und in Deptford ein Schiff vorbereitet sei.

»Wirst du sofort gehen?« fragte ich voller Angst.

»Nicht sofort, aber wenn ich gehen muß, werde ich bereit sein.«

Als ich das hörte, wanderte ich durch die Straßen, wanderte mir zum Trost, aber wo immer ich auch ging, trug ich dieselbe Botschaft mit mir. Daß diese Fäulnis nicht gereinigt werden konnte. Und ich dachte an das Feuer in der Grube und an all die Leichen, deren Asche zumindest rein war.

»Diese Stadt sollte niedergebrannt werden«, flüsterte ich mir zu. »Sie sollte brennen und brennen, bis nichts mehr übrig ist als der kühlende Wind.«

»Mein Name ist Nicolas Jordan«, sagte ich.

Wir saßen an ihrem Feuer, aßen gebackene Kartoffeln und Bohnen und tranken Tee aus Blechtassen. Sie wollte nicht viel reden, also saßen wir Rücken an Rücken und beobachteten die Sterne.

»Der Fluß glüht«, sagte ich.

»Er ist voll von Phosphor, die Tests sind eindeutig.«

»Es erinnert mich an den ›Ancient Mariner‹, an die schleimige See.«

Sie hatte ein Ruderboot, das an einem Baum festgebunden war, und wir machten es los und trieben auf dem unheimlichen Wasser, und das Orange des Feuers glühte in der Ferne. Ich wollte ihr dafür danken, daß sie versuchte, uns zu retten, daß sie versuchte, mich zu retten, so persönlich fühlte es sich an, obwohl ich nicht sagen konnte, wieso. Aber als ich sprechen wollte, war mein Hals vor Gefühlen, die keine Worte dulden, wie zugeschnürt. Es gibt ein Gemälde, das ich sehr liebe. Es heißt »Der Sämann« und ist von van Gogh. Ein Bauer geht abends nach Hause, hinter sich einen riesigen, gelben Mond. Die Landschaft ist stark und gewiß, gemalt mit dicken Farben, die mit einem Spachtel aufgetragen wurden. Das Bild tröstet mich, weil es mich denken läßt, daß die Welt immer da sein wird, stark und gewiß, am Ende eines Tages, am Ende einer Reise. Braune Felder und ein gelber Mond.

»Brennen wir sie nieder«, sagte sie. »Brennen wir die Fabrik nieder.«

Am zweiten September im Jahr des Herrn sechzehnhundertundsechsundsechzig brach im Hof einer Bäckerei in der Pudding Lane ein Feuer aus. Die Flammen waren mannshoch und sprangen bald auf das nächste Haus über, und das nächste. Ich hatte die ganze Nacht mit meinen Freunden, den Bäckern, gezecht, das heißt, sie hatten gezecht, und sie konnten von Glück sagen, daß ich in der Lage war, ihre Körper an einen sicheren Ort zu tragen. Ich hatte das Feuer nicht gelegt – wie hätte ich das gekonnt, hatte ich doch gelobt, ein makelloses Leben zu führen? –, aber ich löschte es auch nicht. In der Tat könnte man vielleicht sagen, daß der Umstand, daß ich ein Faß Öl in die Flammen kippte, diese gar ermutigte. Aber das Feuer war ein Zeichen, ein Zeichen dafür, daß unsere große Sünde endlich in den Flammen geläutert werden würde. Wie hätte ich das Werk Gottes behindern können?

Ich lief nach Hause und wartete auf Neuigkeiten. Das Feuer breitete sich nach Westen aus. Einen Tag später schien es, als stehe ganz London in Flammen.

»Beeil dich, Jordan«, sagte ich. »Wir sind mit dieser Zeit und diesem Ort fertig.«

Wir packten unsere Sachen und machten uns auf den Weg zu seinem Schiff. Ich hätte den Hundezwinger und seine Bewohnerin gerne mitgenommen, aber sie wollte nicht. Wir machten ihr ein Floß aus einer Hühnerkiste und verließen sie, wie sie in den raucherfüllten Himmel starrte.

Der Fluß füllte sich mit Menschen und ihren Habseligkeiten. Jordans Instruktionen folgend, ruderte ich die Themse hinunter, während er noch ein paar letzte Dinge erledigte. Ich wartete auf ihn, bis es Nacht wurde, und immer noch kam und kam er nicht. Dann raubte mir der einbrechende Nebel jede Sicht, bis auf die Flammen.

Etwa eine halbe Stunde nach Mitternacht hörte ich ihn an Bord kommen. Sein Gesicht war blaß, seine Hände zitterten. Ich dachte, es sei die Verwüstung, die er gesehen hatte, aber er schüttelte den Kopf. Er war über die London Fields gegangen, als der Nebel ihn einholte, und in seiner Eile war er gestürzt und hatte sich den Kopf aufgeschlagen. Als er wieder zu sich kam und versuchte, mit ausgestreckten Armen seinen Weg zu ertasten, hatte er plötzlich ein anderes Gesicht berührt und vor

Schreck aufgeschrien. Eine Sekunde lang lichtete sich der Nebel, und er sah, daß der andere er selbst war.

»Vielleicht werde ich sterben«, sagte er, und dann, als ich protestierte: »Oder vielleicht werde ich leben, um so vollständig zu sein, wie sie sagte, daß ich es sein würde.«

»Wer ist diese sie?«

»Fortunata.«

Ich antwortete nicht, und er sprang auf und stieß vom Ufer ab. Das Schiff glitt in die Dunkelheit hinein, und ein paar Stunden später hatten wir die wütenden Flammen und das schreckliche Tosen des Brennens hinter uns gelassen. Wir glitten friedlich auf das Meer zu, den Wind im Rücken, das große Segel prall gefüllt. Ich sah zu Jordan hinüber, der im Bug stand, seine Silhouette schwarz und scharf umrissen. Ich dachte, ich könne jemand an seiner Seite sehen, eine Frau, schmal und kräftig. Ich versuchte zu rufen, hatte aber keine Stimme. Dann war sie verschwunden, und neben Jordan war nichts als der leere Raum.

Als ich mein Schiff aus London herausführte, wußte ich, daß ich nie wieder zurückkommen würde. Eine Weile empfand ich nur Traurigkeit, und dann, aus keinem besonderen Grund, wurde ich plötzlich von Hoffnung erfüllt. Die Zukunft liegt vor uns wie eine glitzernde Stadt, aber wie die Städte der Wüste verschwindet sie, wenn man sich ihr nähert. In einem gewissen

Licht ist es ganz leicht, die Türme und die Kuppeln zu sehen, sogar die Menschen, die kommen und gehen. Wir sprechen mit Sehnsucht und mit Liebe über sie. *Die Zukunft.* Aber die Stadt ist ein Schwindel. Die Zukunft und die Gegenwart und die Vergangenheit existieren nur in unseren Köpfen, und aus der Ferne gesehen, schrumpfen ihre jeweiligen Grenzen und verblassen wie die Grenzen feindlicher Länder, die man von einer schwebenden Stadt am Himmel aus erblickt. Der Fluß fließt ohne anzuhalten von Land zu Land. Und selbst die solidesten Dinge, und die realsten, die geliebtesten und bekanntesten, sind nur ein Schattenspiel an der Wand. Leerer Raum und Punkte aus Licht.

Gesamtverzeichnis *Belletristik*

Weitere Informationen: www.berlinverlag.de

André Aciman
Damals in Alexandria

Jorge Victoriano Alonso
Die Hundertjahrfeier

Katrin Askan
- *Aus dem Schneider*
- *Wiederholungstäter*

Margaret Atwood
- *Der blinde Mörder*
- *Der Salzgarten*
- *Tipps für die Wildnis*
- *Oryx und Crake*

Trezza Azzopardi
Das Versteck

Dieter Bachmann
Grimsels Zeit

Lima Barreto
Das traurige Ende des Policarpo Quaresma

John Barth
- *Der Tabakhändler*
- *Die schwimmende Oper*
- *Tage ohne Wetter*

Hans-Georg Behr
Fast eine Kindheit

Eduardo Belgrano Rawson
Schiffbruch der Sterne

Tahar Ben Jelloun
Das Schweigen des Lichts

Gail Bowen
Der gläserne Sarg

Marcus Braun
- *Delhi*
- *Hochzeitsvorbereitungen*
- *Nadiana*

Jan Peter Bremer
Feuersalamander

Leopoldo Brizuela
Inglaterra

Bliss Broyard
Mein Vater, tanzend

Frederick Busch
Der Nachtinspektor

Raymond Carver
- *Erste und letzte Storys*
- *Kathedrale*
- *Wovon wir reden, wenn wir von Liebe reden*
- *Würdest du bitte endlich still sein, bitte*

Javier Cercas
Soldaten von Salamis

Michael Chabon
Sommerland

Rosa Chacel
- *In der Oase*
- *Leticia Valle. Memoiren einer Elfjährigen*
- *Teresa*

Susanna Clarke
Jonathan Strange & Mr. Norrell

Domenico Conoscenti
Das Zimmer der roten Lichter

Janina David
Eurydikes Augen

Patricia Duncker
- *Der tödliche Zwischenraum*
- *James Miranda Barry*

Jean Echenoz
- *Cherokee*
- *Ich gehe jetzt*
- *Am Piano*

Péter Esterházy
- *Das Buch Hrabals*

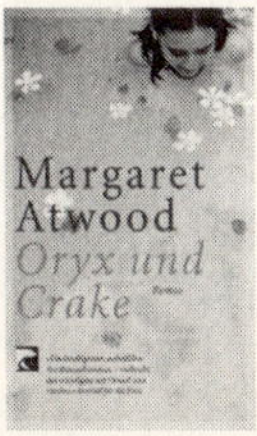

- *Eine Frau*
- *Fancsikó und Pinta*
- *Harmonia Cælestis*
- *Verbesserte Ausgabe*
- *Was für ein Péter (Hg. Angelika Klammer)*

Rainer Fabian
Das Rauschen der Welt

Richard Flanagan
Goulds Buch der Fische

Richard Ford
- *Eifersüchtig*
- *Eine Vielzahl von Sünden*
- *Rock Springs*

Paula Fox
Kalifornische Jahre

Nell Freudenberger
Lucky Girls

Roman Frister
Die gestohlene Identität

Christian Gailly
- *Bebop*
- *Ein Abend im Club*
- *KV 622*

Luiz Alfredo Garcia-Roza
- *Das Schweigen des Regens*
- *Die Tote von Ipanema*

- *Ein Fenster in Copacabana*
- *Südwestwind*

Camilla Gibb
- *Die Geschichte von Emma und Blue*
- *Worüber niemand spricht*

Dagoberto Gilb
- *Holzschnitte von Frauen*
- *Der letzte bekannte Wohnsitz des Mickey Acuña*

Patricia Görg
Meer der Ruhe

Hans Graf von der Goltz
Anderland

Mario González Suárez
Als Kind

Nadine Gordimer
- *Beute*
- *Ein Mann von der Straße*
- *Telling Tales*

David Grand
Louse

Undine Gruenter
- *Bild der Unruhe*
- *Nachtblind*

- *Sommergäste in Trouville*
- *Vertreibung aus dem Labyrinth*

Kirsty Gunn
- *Featherstone*
- *Regentage*

David Guterson
Das Land vor uns, das Land hinter uns

Amir Gutfreund
Unser Holocaust

Robert Haasnoot
Wahnsee

André Heller
Als ich ein Hund war

Bettina Hesse (Hg.)
Dolce Vita

Chloe Hooper
Märchen eines wahren Mordes

Khaled Hosseini
Drachenläufer

Alan Isler
Klerikale Irrtümer

Frances Itani
Betäubend

Nina Jäckle
- *Es gibt solche*
- *Noll*

Fleur Jaeggy
Die seligen Jahre der Züchtigung

Elfriede Jelinek
- *bukolit*
- *Der Tod und das Mädchen I–V*

Liz Jensen
Das neunte Leben des Louis Drax

Viktor Jerofejew
Der gute Stalin

Nick Johnstone
Mit 14 war ich zum ersten Mal betrunken

Sayed Kashua
Tanzende Araber

Imre Kertész / Péter Esterházy
Eine Geschichte

Alona Kimhi
Die weinende Susannah
Ich, Anastasia

Malcolm Knox
Sommerland

Marie-Sissi Labrèche
Borderline

Tim Krabbé
Das goldene Ei

Ragnar Kvam
Die Strafe

Shaena Lambert
Die fallende Frau

Linda Lê
Die drei Parzen

Sibylle Lewitscharoff
Der höfliche Harald

Irina Liebmann
- *Berliner Mietshaus*
- *In Berlin*
- *Letzten Sommer in Deutschland*
- *Mitten im Krieg*

Arnost Lustig
Ein Gebet für Katharina Horowitzová

Dagmar Lutz
Bittere Rache

Patrick McGrath
- *Groteske*
- *Spider*

Eoin McNamee
Blue Tango

Ib Michael
- *Das Vanillemädchen*
- *Der zwölfte Reiter*
- *Prinz*

Anne Michaels
Fluchtstücke

Juan Miñana
Nachrichten aus der wirklichen Welt

Perikles Monioudis
Palladium

Lorrie Moore
Was man von einigen Leuten nicht behaupten kann

Molly Moynahan
Der Steingarten

Olaf Müller
- *Schlesisches Wetter*
- *Tintenpalast*

Alice Munro
- *Das Bettlermädchen*
- *Der Mond über der Eisbahn*
- *Die Jupitermonde*
- *Glaubst du es war Liebe?*
- *Kleine Aussichten*
- *Offene Geheimnisse*

Haruki Murakami
Wie ich eines schönen Morgens im April das 100%ige Mädchen sah

Julie Myerson
Etwas könnte geschehen

Péter Nádas
Schöne Geschichte der Fotografie

Péter Nádas/Richard Swartz
Zwiesprache

Natalja Nikolajewa
Grüß den Kanzler schön von mir

Kurt Oesterle
Der Fernsehgast

Katja Oskamp
Halbschwimmer

Boris Pahor
Nekropolis

Alexis Panselinos
Zaide oder das Kamel im Schnee

Tim Pears
Wach auf!

Ulrich Peltzer
Bryant Park

Sabine Peters
Abschied

Ljudmila Petruschewskaja
Der schwarze Mantel

Jayne Anne Phillips
MutterKind

Mirjam Pressler
Rosengift

Yasmina Reza
Eine Verzweiflung

Gregor von Rezzori
- *Denkwürdigkeiten eines Antisemiten*
- *Der Schwan/Über dem Kliff/Affenhauer*
- *Ein Hermelin in Tschernopol*
- *Ödipus siegt bei Stalingrad*

Jean Rhys
- *Guten Morgen, Mitternacht*
- *Irrfahrt im Dunkel*
- *Sargassomeer*

Susanne Riedel
- *Die Endlichkeit des Lichts*
- *Eine Frau aus Amerika*

Michael Roes
- *David Kanchelli*
- *Haut des Südens*

James Salter
Lichtjahre

George Saunders
Bounty-Land

Hans-Jürgen Schmitt (Hg.)
Sturz in den Himmel

Elke Schmitter
- *Leichte Verfehlungen*
- *Frau Sartoris*

Jean-Jaques Schuhl
Ingrid Caven

Alexander Schwarz
Tag der Frösche

Zeruya Shalev
- *Liebesleben*
- *Mann und Frau*

Kamila Shamsie
Kartographie

Gary Shteyngart
Handbuch für den russischen Debütanten

Israel J. Singer
- *Die Brüder Aschkenasi*
- *Die Familie Karnovski*
- *Von einer Welt, die nicht mehr ist*

Jane Smiley
Tausend Morgen

Gustaf Sobin
- *Das Taubenhaus*
- *Der Trüffelsucher*
- *Venusblau*
- *Auf der Suche nach einem verlöschenden Stern*

Vladimir Sorokin
LJOD Das Eis

Tilman Spengler
- *Das Glück wartet draußen vor der Stadt*
- *Der Maler von Peking*
- *Lenins Hirn*
- *Meine Gesellschaft*
- *Wenn Männer sich verheben*

P. F. Thomése
- *Schattenkind*
- *Über der Erde*

Olga Tokarczuk
Ur und andere Zeiten

Barbara Trapido
- *Der Tempel des Entzückens*
- *Jonglieren*

Tina Uebel
Ich bin Duke

Jane Urquhart
- *Die Bildhauer*
- *Fort*
- *Im Strudel*

Jennifer Vanderbes
Osterinsel

Serena Vitale
Der Eispalast

Keto von Waberer
- *Blaue Wasser für eine Schlacht*
- *Der Schattenfreund*
- *Fischwinter*
- *Heuschreckenhügel*
- *Die Mysterien eines Feinkostladens*
- *Schwester*

Jeanette Winterson
- *Das Geschlecht der Kirsche*
- *Das Powerbook*
- *Das Schwesteruniversum*
- *Orangen sind nicht die einzige Frucht*
- *Verlangen*

Henk van Woerden
Der Bastard

John Wray
Die rechte Hand des Schlafes

Berlins Beste

Arnulf Conradi (Hg.)
Best. Short. Stories.

Marion Gräfin Dönhoff
Kindheit in Ostpreußen

David Guterson
Schnee, der auf Zedern fällt

Haruki Murakami
Der Elefant verschwindet

Ingo Schulze
33 Augenblicke des Glücks

Zeruya Shalev
Liebesleben

Lebensgeschichten

Aliza Barak-Ressler
Weine ruhig

Rada Biller
Melonenschale

Ronnie Golz (Hg.)
Ich war glücklich bis zur letzten Stunde

Liliana Kern
Der feurige Engel

Ella Lingens
Gefangene der Angst

Richard Newman/
K. Kirtly (Hg.)
Alma Rosé
Wien 1906/Auschwitz 1944